姉に言われるがままに特訓をしていたら、とんでもない強さになっていた弟
～やがて最強の姉を超える～
3
An Yoshida
吉田杏
Illustration
相模 映
Akira Sagami
JN080682

CONTENTS

目次

＃31　初任務と異常な〝初〟級冒険者

成り行きで姉に放り込まれ、約一年間に及ぶ冒険者訓練所での生活を終えた。リーネやミレリナさん、ルエル達と出会い、この一年で俺も大きく成長出来たんじゃないかと思う。教練の過程で、危険指定レベル18の玉藻前《タマモノマエ》と出会って友達になれたことも、成長の大きな手助けになってくれた。

そして訓練所を出た俺は、そのままの足で我が家へと帰ることにした。

訓練生としての最後の日となった今日の教練は、ユリナ《教官》から簡単な説明と挨拶、そして冒険者証《バッジ》を貰うだけだったために、まだ日は高い。

俺は最後まで一人残り、暫《しばら》くユリナ《教官》と話し込んでしまったが、それでもまだ昼間と言って差し支えない時間だ。

晴れて冒険者となった今。このまま冒険者組合に立ち寄り、冒険者として依頼を受けることも出来るが、俺は久しぶりに自分の家へと帰ることを選択した。

ちなみに、一時は魔境化してしまい〝危険指定区域〟となって立ち入りが制限されていた南山脈一帯《俺の家周辺》だが、とっくにその制限は解除されている。

解除されてはいるものの、家の状況が少し気になる。そういった理由もあって、ひとまず俺は帰ることにしたのだ――が。

西大通りを歩いていると、見えてきた巨大な建物。

立ち止まり、顔を上げる。

――冒険者組合、カルディア支部だ。

俺が今後長きに渡り世話になる場所。

――少し覗いてみようか？

既に俺は『訓練生』ではなく『冒険者』。何も気後れする理由もなければ、不似合いということもない。

明日、ルエルとは冒険者組合《ここ》で待ち合わせする約束もしているし、その前に少しだけ……中の様子でも確認しておこう。

別にこれが初めてという訳でもないが、『冒険者』として組合に入るのは初めてだ。

内心ドキドキしながら、俺はその立派な建物に足を向けた。

――瞬間。

――カラン。という音と共に組合の扉が開かれた。

勿論、俺が開けたのではない。誰かが組合から出てきたのだ。

ふと、視線をソチラに向けると――

「シファくんっ！」

「――え？」

心地よい声。聞き慣れた声で、名を呼ばれた。

大きな金色の瞳を輝かせる女性が立っている。

見慣れたその姿を視界に捉えると、ついつい頬が緩んでしまう。

「ロゼ姉……」

姉だ。

「良かったぁ……なんとか間に合ったよ」


たった今、俺が足を向けた冒険者組合の扉から出てきたのは他でもない――我が姉だった。

姉にしては珍しく、少し疲れた様子。

しかしすぐさま俺の所まで駆け寄り、手を握る姉。

「訓練所を出所する日が今日でしょ？　だから迎えに行こうと思ってたんだけど……急に高難易度の指名依頼が出されちゃってさ……でも大丈夫！　速攻で終わらしたから！」

「へ、へぇ」

どうやら、姉は俺のことを迎えにくるつもりだったらしい。

しかし急に出された指名依頼で出遅れて、これから訓練所へと向かう所だった訳か……そしてここで俺と鉢合わせしたと。

なるほど、この姉の疲れ様はそういう理由か。

「冒険者訓練所、出所おめでとうシファくん」

俺の胸元にある、一本線の紋章が刻まれた冒険者証《バッジ》を見つめながら、姉は微笑《ほほえ》んでくれた。

そんな姉に俺は、

「あぁ。ありがとうロゼ姉、訓練所に入れてくれて」

そうお礼の言葉を口にすることしか出来ない。

姉から貰った物に対して俺は、まだ何一つ返せない。

姉の首輪に刻まれた紋章は〝五角形〟。に対して、俺の首飾りに刻まれているのは一本の線。

同じ冒険者でも、俺達の間にはこの紋章のように大きな距離がある。

いつか――俺も姉と同じ所に立てるようになって、これまでの恩は必ず返そう。

そして俺は、姉を超えるのだ。いつになるかは分からないが、この姉を護れるだけの男に……俺はなりたい。

「ん。それでシファくん、組合に何か用事？」

とまあ、俺の大好きな姉はそんなこと一切気にしていない。

〝恩〟を返して欲しい。なんて微塵《みじん》も思ってはいないだろう。

当然だ。俺が姉を大好きなように、姉も俺のことを大切に思ってくれている。

お互い、たった一人の家族なんだから当たり前のことだ。

「いや、用事ってわけじゃないけど。冒険者になった身としては、一応組合の雰囲気を味わってみようかなと思っただけ」

さっきまでは本当にそう思っていたが、姉がいたのなら話は別。

久しぶりの姉との再会なんだから。

――そんなことより一緒に帰ろうぜ！

と、俺が続きを話そうする。その前に――


「じゃぁシファくんっ！　私と一緒に依頼受けてみようよっ！」

「……え？」

「ね？　良いでしょ？　新米冒険者に、色々教えてあげるよっ！」

「え……でもロゼ姉、今指名依頼片付けたばっかりで疲れてるんじゃ……」

「全然疲れてないよ？　シファくんと入れ違いにならないか心配で、ちょっと慌ててただけだから」

な、なるほど。

姉と一緒に依頼か……ということは、姉とパーティーを組むということか。

い、良いかも……。

ちょっとルエルには悪いが、お先に冒険者としての活動を開始させてもらうとしよう。

「さっ！　シファくん行くよ！　まずは組合で自分の実力に合った依頼を探すところからだよっ」

「ちょっ、ロゼ姉……引っ張んなっ、待ってて」

姉もかなり乗り気だ。

返事を待たずして、俺の腕を引っ張りながら組合の中へと足を踏み入れていく。

こうして、俺は冒険者になったその日に、まずは姉と共に依頼をこなすことになったのだった……。

◇◇◇

冒険者組合カルディア支部。

訓練生として何度か教官《ユリナ》に連れられてやって来たことがある。

冒険者達が依頼を引き受け、またその報告などを行う場所だ。

内装は今更言うまでもないが、一見酒場のような雰囲気。

多くの冒険者達が互いに情報交換等も行う場所として使用されるため、酒や料理なども振る舞われる。勿論有料で、実際の酒場や宿屋よりも料金設定は少しだけ割高だ。

にもかかわらず、組合では多くの冒険者達が連日飲み食いしているらしい。

それだけ、冒険者同士の繋がりは重要。ということだろうか。

「シファくんこっちこっち」

と、改めて組合内を見回していたら、姉は知らぬ間に奥の方へと進んでいた。

手招きする姉に従うように、俺もそちらへと足を運ぶ。

壁際の掲示板。

びっしりと紙が貼り付けられているが、これ全てが依頼書だ。

「依頼を受ける時はこの中から選ぶんだよ」

「ふーむ」

まぁ、そこら辺のことは教練で教えられている。

「指名依頼以外は、自分か編成《パーティー》の等級より一つ上の難易度の依頼までしか受けられないんだよ」

うん。確かにそんなことを教官《ユリナ》も言っていたな。

……って言うか、周りの視線が気になる。

〝絶〟級の姉が親身になって教えている姿が珍しいのだろうか。

……まぁ、姉は有名人だからな、注目を集めてしまうのは致し方ない。

「ちょっとシファくん聞いてる？」

「え――聞いてる聞いてる。依頼だろ？　つまり俺が受けられるのは〝中〟級の難易度まで。ってことだろ？」

「そ。でも今日は私も一緒だから、どんな依頼だって受けられるよ」

つまりは〝超〟級や〝絶〟級難易度の依頼も受けることが可能な訳だ。

とは言っても、今俺達が見つめている掲示板にはそこまでの難易度の依頼書は存在していない。

そもそも〝絶〟級の依頼が掲示板に貼り出されることは滅多にないらしい。もし、そんな超高難易度の依頼が発生した場合は、冒険者組合が直接冒険者を指名する。

それが『指名依頼』だ。

その『指名依頼』にも種類があるって話だが、今は置いておこう。〝初〟級冒険者の俺にはあまり関係のないことだし。

まぁそんな訳で、この掲示板に貼り出されている依頼書は、一番難易度の高い物でも〝上〟級だ。それに姉が一緒とは言え初めての依頼任務。いきなり高難易度の物に挑戦するつもりもない。

――さて、どれにしようか。

いまいちどれもピンと来ない。

チラリと姉の顔を窺《うかが》うも、ニッコニッコの笑みで俺を見守っている。

「じゃ、これでいいや」

とりあえず、何か依頼をこなすことから始めよう。

一応内容を確認してから、掲示板から依頼書をひっぺがした。

難易度は〝中〟級。系統は材料調達。場所は、カルディア東側の湿地帯。

まぁ、最初はこんなもんだろ。

どう？　いいんじゃない？

と、姉にその依頼書を見せてみたのだが――

「うわ……シファくん、数ある中からソレ選ぶの？　湿地帯だよ？　汚れちゃうじゃん」

「え……」

うそ……。そんな反応される？

ジトーと目を細めてしまう姉。

た、確かに……姉の綺麗な金髪が泥で汚れてしまう可能性があるのか。違うのにした方がいいのか？

って、既に依頼書をひっぺがしてしまったんだが？　戻していいのかこれ……。

習ってない。教練で習ってないぞ。

どうしていいのか分からず、依頼書を摘まんだ俺の右手は空中を行ったり来たり。

そんな俺を見ていた姉は――

「あはっ、うそうそっ、冗談だから。汚れなんて気にしてたら冒険者やってらんないでしょ？　もうシファくんったら面白いんだから」

「――おいっ」

可笑《おか》しそうに笑いだす。

◇◇◇

「はい。依頼任務の受付ですね。お預かりします」

ひっぺがした依頼書を、奥の受付へと持っていく。

受付のお姉さんは、渡された依頼書の内容を確認し、次に俺の首飾り《冒険者証》へと視線を移していた。

「〝初〟級冒険者の方ですね？　規則上、何の問題もありませんが、〝初〟級冒険者の方が等級以上の依頼を引き受けることを……組合は推奨しておりません。それでもお受けになりますか？」

基本的に、〝初〟級冒険者は〝初〟級の依頼をこなしていろ。ということなのだろう。

冒険者の身を案じて言ってくれている。ソコには何の嫌味も含まれていない。

「大丈夫です。それに、〝単独《ソロ》〟ではなく編成《パーティー》を組んでいますので、心配ご無用ですよ」

「そうでしたか、それは失礼しました。パーティーの方の等級は――」

「私だよ」

と、受付のお姉さんの視線が、俺の隣に立っている姉へと移動していく。

姉の声と、その姿を確認して、受付のお姉さんはギョッとした表情を見せていた。

「ろろ、ローゼ様っ⁉　先程帰られたのでは⁉　え……と言うか、ローゼ様が〝中〟級の依頼を？

……えぇ？　本気ですか？」

慌て過ぎでは？

『本気』とは、逆の意味での『本気ですか？』という意味だろうな。

アンタ、そんな簡単な任務を受けるような冒険者じゃないだろ。と言った所か。

「本気も本気だよ？　シファくんとの初任務だから、超本気だから」

「え……シファくん？」

――スッと、受付のお姉さんの視線が、再び俺の所へ。

首飾り。ではなく俺の顔へと向けられる。

そして――

「――あ、貴方《あなた》！　今年の生誕祭の模擬戦でカルディアの代表訓練生だった方じゃないですか⁉」

「え、えぇ。まぁ」

「私！　模擬戦見てたんですよ！　凄かったです！　そっか！　訓練所、出所したんですね、おめでとうございます！」

「えっと、ありがとうございます」

やや興奮気味に、カウンターから身を乗り出してくる。

「本当に凄かったです！　私、興奮しちゃいました！　特に最後のラデルタとの試合……痺れちゃいました！」

「え、えっと」

どこか惚《ほう》けた表情で、俺の手を取りながらそう語る受付の人。

俺個人としては、そこまで言ってもらえて嬉しいことこの上ないのだが――姉の表情は少しずつ険しくなっていく。

そして――

「ちょっと。いいから、早く依頼書の受理をしてくれる？　手、放してよね」

案の定、姉が割って入る。

「し、失礼しました！　――コホン。それでは、依頼書を受理します。お気をつけて、任務にあたって下さい」

慌てて姿勢を正してから、依頼書に組合の判を押す。

そして丁寧に一礼しながら、再び差し出されたその依頼書を俺は受け取った。

「じゃあ行こ！　シファくん」

まるで見せつけるように、姉は俺の手を取って歩き出す。

とにもかくにも、こうして俺と姉の依頼任務は開始した訳だが、当然この依頼――

――姉と一緒ということもあり、何の問題も、何の危険もなく終わったのだった。

カルディア東側の湿地帯。

この湿地帯に群生している水草の調達――というのが、今回俺達が引き受けた依頼だった。

湿地帯には魔獣や魔物も生息していたが、勿論なんの障害にもならない。

依頼されていた水草の調達を終えた俺達は、再びカルディアへと帰って来た。

急ぐことなく、姉と世間話をしながら湿地帯とカルディアを往復したせいか既に日は傾き始めている。

大広場を経由して、西大通りを歩いているところだ。

無事に依頼を終えた。その報告をするために組合を目指している。

調達した水草と交換で報酬を受け取ることが出来るし、ついでに討伐した魔物の『証明部位』を提出することで、更に報酬が支払われる。

そして、また次の依頼を受けたいのなら、再び組合で手続きをする必要がある。

そこでふと、こうして実際に冒険者となって、改めて疑問に感じたことを姉に質問することにした。

「なぁロゼ姉、一度に複数の依頼を受けることは出来ないのか？」

冒険者が受けられる依頼は一度に一つ。そう勝手に決めつけていたが、複数の依頼を同時に受けた方が効率の良い場合があるように思う。

同じ方角や場所での、別々の依頼。まぁつまりは、『ついでにこの依頼も受けておこう』みたいな場面だ。

確か、冒険者としての登録を行った時の〝同意書〟では、その点については触れられていなかった。

そんな俺の質問に対して、隣を歩く姉は――

「……勿論、一度に複数の依頼を受けることは可能だよ」

と、少しの間を持たせて答えた。

そして――

「ただし、ソレが可能なのは〝超〟級冒険者からだよ」

そう付け加えた。

「〝超〟級冒険者が一度に受けられる依頼の数は三つ」

三つか……しかも〝超〟級冒険者以上に限られるとは。

やはり、〝上〟級と〝超〟級の間にはかなり大きな差が存在しているんだな。

なるほど、となると俺はコツコツと、一つずつ依頼をこなしていくしかない訳だ。

それで、姉《絶級冒険者》の場合はどうなのだろうか――と、俺は言葉の続きを待った。

「〝絶〟級冒険者には、上限は設定されていないよ。受けたい数だけ……依頼を受けることができるよ」

〝超〟級と〝絶〟級の間にも、かなり大きな差があるようだ。

「でも、あまり受け過ぎると手に負えなくなっちゃうからね。自分の実力に見合った数なのかどうかを、しっかりと見極めなきゃいけないんだよ？」

そりゃそうだ。

大量に抱え込んだ挙げ句、依頼を完了出来ませんでした。なんてことにもなりかねない。

実際、過去にもそんなことがあったのだろうか。なんて思ったが――

「ま、そんなことも分からないような冒険者は、〝超〟級にはなれないんだけどね」

と言いながら、姉は微笑んで見せた。

なんて話し込んでいるうちに、どうやら冒険者組合へと到着したようだ。

◇◇◇

「こちら今回の依頼、そして魔物討伐を含めた報酬になります」

調達した水草を指定の量だけ組合へと納品することで、依頼は完遂された。

魔物の討伐証明部位を含んだ報酬を、こうして受け取ることが出来た。

「お疲れ様だね、シファくんっ」

「あ、あぁ」

初めて自分で稼いだ金。てんで大した金額ではないが、それでも確かにこみ上げてくる『何か』

がある。

姉も手伝ってくれたとは言え、この金は間違いなく……俺が依頼をこなして得た――対価だ。

その姉も、まるで自分のことのように喜んでくれていた。

俺の初の依頼任務は、簡単ではあったが大満足の結果に終わった。

さて、冒険者初日の活動としてはこんなもんだろう。

俺は、姉と共に組合から出ることにした。

受付に背を向けて、出口へと足を動かそうとした、その時だ――

「〝絶〟級冒険者、ローゼ・アライオン様」

俺ではなく、背後の姉に呼び掛けられた声に、動かしかけていた足を止める。

振り返ってみると、受付担当のお姉さんが軽くお辞儀をしながら、更に続きを話すところだった。

「支部長コノエ様がお呼びです」

「なに？　帰るところなんだけど、用件は？」

姉は、ほんの少しだけ不機嫌になっている。

そんな姉の様子に気後れすることなく、受付のお姉さんは礼儀正しく対応するが、冷や汗を隠しきれていない。

「お話があるそうです。用件までは伺っておりません、直接会って話すと……。ローゼ様のみ二階へ御案内するように言われております」

「…………」

お辞儀をしたままの受付に、姉の視線が鋭く突き刺さっている。

心なしか、受付の人の肩がふるふると震えているように見えた。

「……はぁ。ごめんシファくん、ちょっと行ってくるね。もしアレだったら先帰っててよ」

冒険者組合支部長の呼び出しは、流石《さすが》の姉でも無下には出来ないらしい。

渋々と言った様子で、姉は二階へと上がっていった。

組合一階に設置されている数多くの椅子の一つに、俺は腰掛けた。

姉はああ言っていたが、支部長との話が終わるまで待っていようと思う。

二人がどんな話をしているのか気にはなるが、あの幼女がわざわざ『姉のみ』と強調して呼び出したくらいだ、込み入った話なのかも知れない。

話の内容を、俺から聞き出すようなことはやめておこう。なんて思いながらも、しばしの時間を一人過ごすことに。

組合は、俺以外にも数多くの冒険者達で賑わっている。

そんな彼等の話し声が――

――カラン。という組合の扉が開かれる音と共にやって来た、一人の冒険者の姿を認めるや否や、止んだのだ。

どうやら皆、その冒険者の姿に目を奪われているようだった。

――なんだ？　怪訝に思いながら、俺も視線を向けてみた。

と、同時に聞こえてきた話し声。

「出た。エシルちゃんだ」

「相変わらず美しいなぁ。そんでもって、〝初〟級冒険者とは思えない偉業の数々……」

優雅に、そして堂々と、奥にある受付へと一直線に向かっていく女性。

周囲の冒険者の視線を一身に集めていることに、どうやら気がついていない。

エシル……たしか、ミレリナさんが詠唱魔法の特訓をしていた時に突然現れて助言をくれた人。

そして、生誕祭の夜に紅茶という飲み物をご馳走してくれた人だ。

どうやら、組合に魔物の討伐証明部位を持ってきたらしい。

「──っ!?　こ、これは……危険指定レベル14、女郎蜘蛛《じょろうぐも》じゃないですか！　しかも五体分……と、討伐されたのですか？　お一人でっ!?」

「──？　じょ？　あなた方はそう呼んでいるのですね？　ええ、簡単でしたよ？」

受付のお姉さんの顔色が、姉と話していた時以上に蒼白になっていく。

「ぱねぇ！　あんな危険指定種を討伐してしまうのもそうだが、女郎蜘蛛と言やぁ、生息している場所はここよりも遥か南じゃねぇか……　〝初〟級冒険者が気楽に行ける距離じゃねぇよ……」

「あの人には常識が通用しねぇよ、マジで」

などと驚愕している冒険者の声なぞ、彼女の耳には届いていない。

当の本人は討伐報酬を受け取り、満足した様子で踵《きびす》を返そうとしている。

それにしても、やはりただ者ではなかったようだ。

以前に会った時にも感じたが、彼女のこの赤い瞳。目を合わせるだけで鼓動が早くなりそうな感

覚――って

「あら？」

ヤバい……目が合ってしまった。

――ゴクリと、俺は喉を鳴らした。

周囲に悟られずに、静かに深呼吸することで心を落ち着かせる。

――カツ、カツ。と、近付いてくる足音。

組合の受付から、こちらへと徐々に足音は大きくなっていく。

そして――ピタリと足音が聞こえなくなった所で、俺が意を決して顔を上げると――

「やっぱり。またお会いしましたね」

「…………」

思わず見惚れてしまう。

初めて出会ったのは、カルディア北西の湖。明るい時間ではあったが日傘で顔はよく見えなかった。

二度目は、生誕祭の夜だ。月明かりに照らされていた彼女は独特の雰囲気を醸し出し……その素顔は、本当に綺麗だと思った。

そして今、冒険者組合という明るい屋内で見る、隠す物が何もない彼女《エシル》の顔、それに佇まいから全てに至るまでが――

この世の物とは思えない、圧倒的な美しさに溢《あふ》れていた。

だが――

「黙って見つめて、どうかしましたか？」

この赤い瞳が、俺の心臓をざわつかせる。

彼女の美貌に浮ついた俺の気持ちを、一瞬で圧し殺してしまう程の『力』が宿っているような
――そんな感覚。

いや――落ち着け。

この人は悪い人じゃない。それは何度か会話を交わして分かっているつもりだ。

もう一度、俺は大きく深呼吸して気持ちを落ち着かせた。

「あの……何か言ってくれないと、私困ってしまいます……」

「あぁっ、すいません！　ボーッとしてましたっ」

「いえ。もしよろしければ、少しお話ししませんか？」

上品な振る舞いで、彼女はまたそんなことを言ってきた。

以前の時もそうだったが、お喋りが好きなのだろうか？

少し不安に思う所もあるが、俺も姉が戻ってくるまでは手持ち無沙汰だ。

「それでは前の席、失礼します」

その申し出を受け入れると、彼女は俺の対面の席へと腰を下ろした。

「うふふ」

「………………」

彼女は、まだ何も話していないと言うのに上機嫌な様子。

「失礼、私……人間《ひと》とお話をするのが好きなのです」

「へ、へぇ、そうなんですか……」

まぁ言われてみれば、生誕祭の夜に話した時もやたら上機嫌だったように思える。

人と話すのが好き。か、俺も嫌いではないが……別に好きと言える程ではないな。

だが、この人が話すのが好きだと言うのなら、俺も積極的に話してみようか。なんて思う。

「エシルさんは、〝初〟級冒険者なんですよね？」

「はい。その通りです」

それに、俺と同じ〝初〟級冒険者。

もしかしたら、今後一緒になって依頼をこなす場面もあるかも知れない。仲を深めておくのは悪い話じゃないだろう。冒険者同士の繋がりは大切、とのことだしな。

「どうして冒険者に？」

「どうして、ですか……」

俺の質問に、少し考える素振りを見せたが――

「楽しそうでしたので、冒険者になってみました」

「うふふ」と上品に笑いながら、そう答えた。

「ですが、〝初〟級冒険者の私では……受けられる依頼が限られているのが少し困ります。楽しそうな依頼は〝上〟級や〝超〟級ばかり……。それに、中には〝絶〟級という、とても楽しそうな物

までであるらしいではないですか」

「はぁ」と小さくため息を吐く。

こうして話してみると、普通の女性冒険者にしか見えない。

口にしている内容はちょっとアレだが、どうにも本心からの言葉のようだ。

〝初〟級冒険者が受けられる依頼は〝中〟級難易度の物までだ。

どうやら彼女は、ソレが物足りなく感じているらしい。

更に上位の依頼を受けるには、冒険者等級を昇格させるしかないのだが……基本的に冒険者は、〝初〟級として三年間の経験を積む必要がある。

そして、彼女のような才能溢れる者をいち早く昇格させるための措置として――『冒険者訓練所』が存在するのだが……。

「団体行動は苦手です……」

訓練所についての説明をすると、キッパリと拒絶の反応を見せる。

「そう言えば……先日のお祭りで、その訓練所に属する方々同士の戦闘が行われていましたね」

「ええ、模擬戦です。ちなみに俺も出てましたよ」

どうやら見てくれていたようだ。

実際に代表として出場して、全勝した身としては……是非とも感想を聞きたいところだ。

「ええ、見させていただきました。全てに勝利を収められたようで……おめでとうございます」

優雅な所作で軽く頭を下げる彼女。

しかし――

「あまりにも程度の低い戦闘で……私も逆に楽しませてもらいました」

「………………」

最後に、そう付け加えた。

な、なるほど……彼女にはそう見えたのか。

全く悪気なく言っているようだ。本気でそう思っているらしい。

『あまりにも程度の低い戦闘』――それには、俺達の試合も勿論含まれている。

この人……本当に〝初〟級冒険者なのか？

俺とルエル……そしてミレリナさんと、ラデルタ訓練所の三人は――正直言って、既に〝中〟級冒険者の実力を上回っているように思う。

更に、自分で言うのもなんだが……俺とミレリナさんは〝上〟級冒険者にだって勝てるとさえ思っている。だと言うのに――

この、エシルという〝初〟級冒険者……本当に何者なんだ。

「もしかして、気を悪くさせてしまいましたか？」

考え込んでしまっていたせいで、誤解させてしまったようだ。不安げにそう訊ねてきた。

「いえ、なんでもないです。俺ももっと強くなるように、努力します」

「はい！　それが良いと思います」

「………………」

◇◇◇

それから少し話して、エシルという名の〝初〟級冒険者は組合を後にした。

俺とのお喋りは、どうやらそれなりに楽しかったようで……かなり満足した様子だった。

そのほんのちょっと後に、姉は支部長との話を終えて二階から戻ってきた。

椅子に座る俺の所へとやって来た姉だが、少し組合内の様子が気になるらしい。と言うのも——

「この感じ……もしかして魔力《カ》シファくん、さっきまでここに誰かいた？」

組合内は、さっきまでいた彼女《エシル》のおかげで、少し浮ついた雰囲気になっている。

幾人かの冒険者達が、彼女についての話を未だに続けているのが原因だ。

姉は、その雰囲気を敏感に感じ取っているらしい。

「白髪の、物凄い美女の……赤い瞳をした女性冒険者とか……来たり……した？」

恐る恐ると言ったような、姉の口調。

ってか、それは完全に彼女《エシル》の特徴だ。

「あぁ。エシルって名の〝初〟級冒険者な。やっぱロゼ姉も知ってんのか」

「——っ!? し、シファくん……何か話した？」

「えっ。ま、まぁ……待っている間、少し話し相手になってもらってたけど……」

「少し？」

「あぁ……少しだけ」

な、なんだ？　姉の様子がおかしい。

「ロゼ姉、そのエシルって冒険者のこと知ってんのか？　何者なんだ？」

明らかに異常な〝初〟級冒険者。

遥か遠くの地に生息している危険レベル14の魔物。その討伐証明部位を持ってきたことも、彼女の異常さに更に説得力を持たせている。

「え、えっと……最近有名になってきている人？　……かな？」

「…………」

え、それだけ？

何か隠してない？

我が姉にしては珍しいなんとも歯切れの悪い返答と、オロオロした態度に、俺も困惑してしまう。

そんな俺に対しての姉の——

「シファくん……よく分からない女の人には、絶対について行っちゃ駄目だよ」

という言葉に、俺は更に困惑するのだった。

＃32　戦乙女と妖獣

最愛《シファ》の弟と共に編成《パーティー》を組む。

弟が『冒険者になりたい』と言ったあの日から、実は密かに楽しみにしていたことでもあった。

荷物配達から、要人の護衛。そして魔物の討伐と……なんてことない雑用から、命の危険すらある様々な依頼をこなすのが〝冒険者〟。

難易度の高い物になれればなる程、手に入る報酬が多いのは基本だ。中には例外も存在するが、高難易度の依頼とは——基本的に命を落とす危険度も、同じく高い。

姉《ロゼ》の心情としては、そんな危険な『冒険者』にはなって欲しくない。というのが本音だったが、最愛の弟の望みは可能な限り叶えてやりたかった。

だから、必要以上に過酷な特訓を施した。

魔物や魔獣に負けることがないように、ただひたすらに。

更に……弟には才能があった。

厳しい特訓と実戦で様々な武器の扱いを会得して、収納魔法も完璧に使いこなすようになった。

弟の成長は、まるで自分のことのように嬉しかったのだ。

そして、得手不得手が自分と同じな所と、たまに感情的になってしまう所……その全てが姉弟の証のように思えて、どうしようもなく幸せだった。

とにもかくにも、そんな最愛の弟が冒険者になったのは、ローゼにとっては喜ばしいことである反面、不安でもあった。

しかし今日一日の――共に依頼をこなしていた時と、組合から報酬を受け取っていた時の弟の顔を見たら、感じていた不安よりも嬉しさが勝ることとなった。

ローゼは――弟を鍛え、訓練所に入所させて良かったと……心から思ったのだ。

「さてと……」

そんな弟の寝顔を見ていると、また暫く離ればなれになるのが少し寂しくなるが、仕方ない。

夜明け前。

まだ深く眠っている弟のための簡単な朝食と、暫くカルディアを離れる旨を記した書き置きをその場に残し、ローゼは自宅を後にした。

本当は弟に直接話してから出ていっても良かったが、それをすると……ズルズルと出発が遅れてしまいそうだった。

もし、『俺もついていく！』なんて言われた時が一番困るのだ。

（流石に、これには連れていけないなぁ……）

家を出た所で立ち止まり、昨日支部長から渡された依頼書に視線を落とした。

難易度は〝絶〟級。系統は『調査』及び『討伐』。場所は『大陸全域』。

更に……重要度の項目には『最重要』と赤字で記されている。

詳細の欄には、この依頼の概要がこと細かに記されていた。

もう一度、ローゼはその欄を軽く確認する。

（竜種凶暴化……新たな〝幻竜王《バハムート》〟誕生の兆し……ね）

まだ報告されている数こそ少なく、ローゼ自身も実際に確認出来てはいない。しかし、大陸の各所で竜種が凶暴化している。という報せが組合に寄せられていた。

ただでさえ凶暴な竜種が、更に凶暴化する結果に起こるのは――共食いだった。

過去に〝幻竜王〟が出現した時にも、多くの竜種が凶暴化したという事実がある。

その過去もあり、組合は早急に調査を行うことにしたのだった。

（集合場所は……王都《グランゼリア》か）

そしてこの依頼、ローゼだけでなく他の上位冒険者にも依頼書が発行されている。

大陸各所の調査を行わなければならないことから、それなりの人数が必要であり、また場合によっては多くの竜種を討伐しなければならないという理由で、冒険者の中から実力者のみが選ばれている。

更に――

（王国騎士団との合同任務は、初めてだなぁ……）

王国騎士団から選抜された精鋭もこの調査に参加するということが……依頼書には明記されていた。

◇◇◇

ローゼは、王都へと向かう前に寄り道をする。

カルディアの街を素通りして、北へ。

暫く歩いた所にある分岐を東に進み、森の中へ。

東の空が少しずつ白み出しているおかげか、森の中はほんのりと明るい。

異常に高く育った木々が立ち並ぶ――カルディア高森林だ。

ローゼは、慣れた足取りで森を進む。

やがて、拓《ひら》けた場所へと到着した。

あいにく今は月が出ていないが、満月の夜はそれはもう綺麗な月明かりがこの場所を照らし出す。

ローゼは――誰もいない場所だが、必ず存在しているであろうソコへ向かって声を上げる。

「タマちゃん？　いるんでしょ？　話があるんだけど」

すると――ボウッと音を上げながら、青い炎が出現したかと思えば、いつの間にかその場所には一人の女性が姿を現していた。

ピコピコと、綺麗な銀色の髪の間から生えている狐耳を震わせ、彼女自身よりも大きな、フワフワとした九つの尻尾を揺らす女性。

危険指定レベル18。妖獣――玉藻前。

「聖火の傷は、完全に治ったようだね」

汚れ一つない綺麗な衣服と、きめ細かな白い肌。そして絹糸のような銀髪。

彼女の全身を一通り観察してから、ローゼはそう確信した。

「うむ。お陰さまで、我はこの通り完全に力を取り戻すことが出来た」

そう言って、玉藻前は頭を下げる。

そして感謝の言葉を口にするが――

「本当に感謝しておる――姉上よ」

「ッその呼び方はやめてっ！　君を妹にした覚えはないからっ！」

――この狐、油断も隙もないな。と、ローゼは鋭いツッコミをいれる。

やれやれ。と、少し呆れながら、本題へと話を移す。

「もう少しで、山岳都市イナリの復興が完了するよ。都市への立ち入り制限も解除される筈」

「――っ！」

ピクリと、玉藻前の尻尾が大きな反応を見せた。

構わず、ローゼは次の言葉を口にする。

「帰りたい？」

玉藻前は、少し躊躇《ためら》いながらもゆっくりと頷いて見せる。

山岳都市イナリの、イナリ山。その山のどこかに存在する『イナリ社《やしろ》』の護り神と言われている
玉藻前は、本来の居場所へ帰りたいと思う一方で、この高森林に残りたいとも思っている。

そんな玉藻前の心境を理解しながらも、ローゼは話を続ける。

「タマちゃんに危険がないことは私達は理解しているけど、君が危険指定種であることは事実なんだよね」

――シュン……と玉藻前の耳と尻尾が垂れ下がるのを、ローゼは見逃さない。

「私にも〝絶〟級冒険者の責任があるからね。もし帰ると言うのなら――君が他の冒険者に狙われないための『護衛』と、君が人間を襲わないかの『監視』として、冒険者に同行してもらうことにするよ」

（ま、建前なんだけどね）

と、心の中で呟いた。

「し、しかし姉上！　我に同行して、護衛してくれるような冒険者など……」

「いるよ？　タマちゃんを護るためにその『冒険者』に喧嘩を売った……君の大好きなシファくんは、立派な冒険者になったよ」

「な、なんと……」

ローゼは徐《おもむろ》に一枚の用紙を取り出して、何かを記入し始める。

「私からの指名依頼という形にしておくよ。難易度は〝上〟級。系統は『護衛』だね。報酬は――」

スラスラと内容を記入していくことで、依頼書が出来上がっていく。

冒険者個人を指名しての『指名依頼』に、冒険者等級による制限は存在しない。

受けるか受けないか。個人の判断に任されるのみだ。

そしてローゼは、依頼書の最後の項目である『報酬』の所で手を止めていた。

「報酬は、シファくんが納得する物をタマちゃんが選んであげて」

「…………」

ローゼのあまりの手際の良さと思い切りに、玉藻前は『何か狙いがあるのか？』と邪推してしまうが、皆目見当もつかない。

しかし実際、イナリ山へ帰ることを望んでいるのは事実であり、シファが行動を共にしてくれるのであれば、これ以上のことなど存在しない。

カルディア高森林に居座り続けることが不可能なのは、玉藻前自身もよく理解していることだ。

「そしてタマちゃんは、もしシファくんが危険な目に遭うようなことがあれば、護ってあげること」

それだけは絶対条件だと言わんばかりに強調する。

「一人でイナリへと帰るのは、〝絶〟級冒険者として許可することは出来ない。どのみち高森林に居続けるのは無理なんだから、この条件、のんでもらうよ？」

自分の命を護ってくれたシファとローゼ。そしてルエルの言うことは、最初から従うつもりだった玉藻前は——

「よろしく頼む」

頭を下げながらそう答えた。

「よろしい。じゃ、この依頼書は私が組合に提出しておくから、タマちゃんはここでシファくんが来るのを待っててよ」

そう言い残して、ローゼはその場を立ち去ったのだった。

#33　冒険者の旅路

「…………」

目を覚ましてみれば、我が家に姉の姿はなかった。

代わりに、机の上には姉がつくったものだと思われる朝食と、小さなメモが申し訳なさそうに置かれていた。

メモを手に取り、読んでみる。

『お姉ちゃんは街を出ます。捜さないでください』

そのまま視線を下に移動させると――

『なーんてうそそっ。大切な用事が出来たから、私は一足先に街を出るね。シファくんも冒険者として依頼を受ける時は、しっかりと準備をしておくこと。あと、ご飯は一日三食たべるように』

…………。

どうやらそういうことらしい。

知らぬ間にいなくなっているのは、まぁいつもの姉だししょうがない。

大切な用事――というのが少し気になるが、もしかしたら昨日の支部長と姉の話し合いが関係しているのかも知れない。

とすれば、また組合から『指名依頼』でも発行されたか？

とにかく、我が姉はまたいなくなった。

「はぁ……」

もう少しゆっくりしていけば良いのに……。

なんて思いつつ、ため息がこぼれる。

おっと、寂しがってる場合じゃない。

今日から俺は、本格的に〝冒険者〟として活動していくんだ。

姉がいつ帰ってくるのかは分からないが、わざわざ書き置きまで残して行ったところを考えると、暫くは帰ってこないのだろう。

なら、次に姉に会う時には、立派な冒険者になれているように頑張ろう。

すぐにでも街の冒険者組合に行って依頼を受けたい、という気持ちをなんとか抑えながら、姉がつくってくれた朝食を口に運ぶのだった。

◇◇◇

──カラン。

という心地よい音と共に扉を押し開き、目当ての人物を探す。

冒険者組合カルディア支部。

今日は、ここで待ち合わせをしている。

少し視線を動かせば、彼女の目立つ髪色はすぐに目に飛び込んできた。

どうやら、先に来ていたようだ。

特に時間は決めていなかったのだが、俺の目当ての女性――ルエルは、一人椅子に座って暇そうにしていた。

この組合内で、彼女《ルエル》はやけに目立つ。

生誕祭の模擬戦で全勝した俺達は、既にカルディアではちょっとした有名人になっていたのだが
……それ以上に、ルエルの綺麗な顔立ちと抜群の体形《プロポーション》は、人目を引くところがある。

今もチラチラと、他の男性冒険者がルエルのことを覗き見ているのが分かる。

当の本人も気付いているようだが……。

「悪いルエル、待たせたか？」

お構いなしに、俺はルエルの待つ場所へと歩み寄り、声をかけた。

「おはようシファ。待つのは嫌いじゃないわ」

にこやかに笑って見せるルエル。

そして、彼女の腕にはキラリと光る腕輪が装着されている。

一本線の刻まれた腕輪だ。

「それじゃ、早速冒険者としての活動……始めるんでしょ？」

「あぁ。勿論だ」

ルエルもやる気満々だな。

立ち上がったルエルと共に、依頼書が貼り付けられている掲示板の前へと移動する。

ビッシリと貼り付けられた依頼書の数々。

初級から上級までの難易度の依頼が、掲示板を隙間なく埋め尽くしている。

この中から、俺達は一枚選ぶ必要があるのだが——

チラリと、俺はルエルの様子を窺ってみた。

「う〜ん……」

どうやら、どれを選べばいいか迷っている様子だ。

あくまで俺達は固定編成《パーティー》。ならば、受ける依頼も互いに相談して決める必要があるわけだ。

「まぁまずは、初級難易度の依頼からこなしていこう。訓練所を出てるとは言え、俺達は〝初〟級冒険者なんだからな」

昨日は勢いで〝中〟級の依頼を受けてしまったが、本来はこうあるべきだ。

受付のお姉さんもそんな感じのことを言っていた。

俺とルエルは互いに〝初〟級冒険者なんだからな。

——しかし。

「それは分かっているんだけど、〝初〟級の依頼となると……」

そうなんだよなぁ。

〝初〟級の依頼は少し魅力がない。

これまで訓練生としての教練でやってきたことの方が、まだやり甲斐があるってもんだ。

だが仕方ない。

俺は――難易度〝初〟級。系統『探し物』。と記された依頼書をとりあえず手に取った。

こうして、俺とルエルの冒険者としての日々が始まったのだ。

◇◇◇

それから三日経った日のことだった。

俺とルエルは難易度〝初〟級の依頼を順調にこなし、そろそろ〝中〟級の依頼でも受けてみようか。そう思っていた日のこと。

ちなみに、姉はまだ帰ってきていない。

「〝初〟級冒険者シファ様。そしてルエル様。支部長コノエ様がお呼びです」

これから受ける依頼を探して、掲示板と睨めっこしていた俺達の背後から、受付のお姉さんがそう呼び掛ける。

俺とルエルは互いに見合わせて首を傾げた。

「お話があるそうです。支部長室へと御案内します」

なんの話か全く心当たりもなければ、見当もつかない。

とは言え、支部長からの呼び出しだ。冒険者となった俺達はとりあえずは話を聞いてみるしかない。

受付のお姉さんに案内されて、俺達は二階へと上がっていく。

そのまま促されて、訓練生の時にも訪れたことのある支部長室へと足を踏み入れた。

「よく来たな。まぁ座るがよいぞ」

銀色の長い髪の幼女。支部長コノエ様が出迎えてくれた。

椅子に腰掛けると、コノエ様も俺達と対面する形で腰を下ろす。

「まずは、訓練所の出所……おめでとうと言っておこうかの。少し遅くなってしもうたがな」

思えば、この支部長とも色々あったな。

俺達の実力を見極めるためではあったが、過去に行われた危険指定種掃討任務で大変な目に遭わされた。

まぁ、ミレリナさんが大きく成長出来た切っ掛けを作ってくれたとも言えなくもないし、この支部長が冒険者訓練所を想って起こした行動だった訳なのだが。

「いえ、それより話ってなんです？」

過去の話は置いておいて、さっさと本題に入ろう。

「うむ。お主に良いものが届いておるぞ？」

ニヤリと笑いながら、コノエ様がどこからともなく取り出した一枚の用紙。

机の上に差し出されたソレを、手にとってみた。

「え、依頼書――ですか？」

「あぁ。『指名依頼』じゃ」

紛れもなく、これは依頼書だ。

それも指名依頼。

『指名冒険者』の項目に、俺とルエルの名がしっかりと記入されている。

しかも――

「依頼者は〝絶〟級冒険者、ローゼ・アライオンじゃ」

「――ッ！」

思わず目を見開いた。

「本来なら、一階の受付で渡しても良かったのじゃが……お主らはまだ冒険者となったばかり、妾《わらわ》が直接話した方が良いと思ったのじゃ」

なるほどな……。

確かに、こんな依頼書は一階で渡されるより、支部長室《ここ》で直接コノエ様から渡された方が良いだろう。

それに、姉からの指名依頼なんて、他の冒険者から注目を浴びてしまうのが目に見えている。

何かと気を遣ってくれているらしい。

「ま、概ねその依頼書に書かれている通りじゃ。更に詳しい話は……直接本人に聞いてみれば良い」

難易度は〝上〟級。系統は『護衛』。

依頼内容は――〝タマちゃん〟なる者を山岳都市イナリまで無事に送り届けること。といった内容のことが姉の字で書かれている。

――タマちゃんって誰だよ。

って思ったが、護衛対象の者がカルディア高森林にいることと、目的地が山岳都市イナリということで、だいたい理解した。

後の詳しいことは、コノエ様の言う通り本人に聞けばいい。

「『指名依頼』は冒険者としての実績に大きな影響を及ぼす。とは言え、受けるも受けないも本人の自由じゃが……どうするかの？」

色々と気になることはあるが、それはこの後にでも〝タマちゃん〟に訊けばいい。

姉が俺達を指名してきた依頼、勿論俺達の答えは――

「「受けます」」

ルエルに確認するまでもなかった。

◇◇◇

とりあえず、会って話を聞いてみよう。ということでやって来たカルディア高森林。
なのだが――

「我の命まで救ってもらい、こうしてイナリへと無事に帰ることにまで協力してもらうことに……本当に感謝しております」

それはもう綺麗な銀髪のお姉さんが、三つ指ついて俺達を迎えてくれた。

多分、この人は玉藻前だ。

最後に見た姿から更に成長した姿になっているのは、力を完全に取り戻したということなのだろう。

可愛らしい狐耳と、彼女の背後で荒ぶっている九つの尻尾は、この女性が玉藻前だという証拠だ。

「と、とりあえず……話を聞かせて、もらえます？」

歳上に見えたので、思わず敬語になってしまった。

◇◇◇

姉からの俺達への指名依頼は、危険指定レベル18の妖獣――玉藻前《タマモノマエ》を山岳都市イナリへと連れ帰ること。

現状この高森林は――姉の特権で、許可されていない冒険者の立ち入りが制限されている。そのため、ここにとどまり続けていれば玉藻前の安全は保証されているような物だが、見たところ……彼女が鳳凰の聖火によって負った傷は完全に癒えている。

『治療』という理由のなくなった妖獣を絶級特権で護り続けるのは流石の姉でも難しい……という

よりかは、玉藻前本人がイナリへ帰ることを望んでいるのだろう。

玉藻前が自分から人間を襲う意思がないことを俺達は分かってはいるが、他の冒険者はその限りではない。

危険指定レベル18の妖獣だ。出くわして、逃げてくれれば良いものの……討伐しようと立ち向かう冒険者達に対しては、玉藻前は自衛行動を取るだろう。

そういった事態を防ぐための護衛として、共にイナリへと向かえと――姉はそう言っているのだ。

ま、正直に言ってしまえば、玉藻前が『イナリに帰る』と言い出せば、依頼とか関係なしに俺はついて行っただろう。以前に冒険者達に囲まれ、討伐されそうになっていた玉藻前の姿を目にしているだけに……流石に心配だからな。

そしてこうして、姉から冒険者組合を通して指名依頼が発行されている以上、俺は堂々と玉藻前と共にイナリへと向かうことが出来る訳で、『〝絶〟級冒険者――戦乙女からの指名依頼書』を持っている俺達が護衛する玉藻前を襲う冒険者は、流石に現れない。とは思うが、一応油断はしないでおく。

「それでえっと……玉藻前、ですよね？　顔をあげてもらえます？」

いつまで経っても頭を上げない彼女に、たまらずそう声をかけた。

ゆっくりと、そして堂々とした態度で頭を上げると、ようやくその顔をよく確認することが出来た。

「はい。我は玉藻前であります。今の姿こそ、本来の我の姿なのです。だからどうか……これまでのように柔らかい態度で接して下さい」

なんと言うか、礼儀正しいお嬢様みたいな話し方だが、玉藻前で間違いない。

「そう言う玉藻前こそ、口調変わってない？」

「はい。以前に命を助けてもらい、更にイナリへと帰る助けになってもらう以上……上下関係はハッキリさせておくべきだと考えます」

こ、困ったな。

そんな態度で来られるとは思っていなかっただけに、反応に困る。

たまらず、俺はルエルへと視線で助けを求めた。

「コホン。玉藻前？　私達も以前に、貴女《あなた》に編成戦闘《パーティー》の実力を高めるための練習相手になってもらったことがあるし、お互い上下関係とかはなしにしましょう？　これまで通り、ね？　シファ？」

そう言えばそんなこともあったな。

生誕祭の模擬戦に向けての特訓な。その節は本当にお世話になったものだ。

「あぁ。俺達だって玉藻前に助けてもらったことがあるし。それに――」

俺は、ミレリナさんの詠唱魔法が暴走したあの時……玉藻前の青い炎に助けられた経験もある。

そのことを言おうとしたが、コレは俺だけが知っていることだ。口に出すことはやめておこう。

しかし玉藻前は、俺が言いたかったことを理解してくれたのか……小さく微笑み、頷いて見せた。

「感謝する。二人とも」

ようやく、玉藻前が立ち上がる。

「それで？　この依頼書の通り、玉藻前はイナリへと帰る。それに俺達が同行する形で護衛を行う。ということで間違いないか？」

姉の作った依頼書。万が一にも間違いなどある筈もないが、一応確認しておく。

「うむ。そして可能ならば……山岳都市イナリへの立ち入り制限が解除されたと同時に、我はイナリ入りを果たしたい」

「ふむ……」

「山岳都市イナリ……鳳凰の聖火に襲われて都市は完全に封鎖され、危険指定区域になっていたわね。ロゼさん達が鳳凰を討伐した後は、組合と王国騎士団が主体となって都市の復興にあたっていた筈だけど……その復興作業もほぼ完了している。という話だったわ」

うん。支部長コノエ様からそう聞かされている。

「イナリへの立ち入り制限が解除されるのは二十日後だけど……」

チラリと、ルエルは玉藻前へと視線を流す。疑問に感じていることがある、と言った表情で。

「なにか急いでいる理由でもあるのか？」

その疑問は俺がぶつけることにした。

立ち入り制限が解除されると同時に、イナリへと帰りたいと言う玉藻前。

もちろん、早く帰りたいだけ。という意味もあるだろうが、それだけでもなさそうだ。

玉藻前は、小さく頷いてから口を開いた。

「我がこの森で傷を癒していることを、多くの人間《冒険者》が知っておる」

申し訳ない話ではあるが、玉藻前がこの高森林で体を休めている、と教官《ユリナ》に報告したのは他でもない、この俺だ。

「お、おう」

どうやら、各地の冒険者組合にその情報は伝わっていたようだ。

「我が護っておったのはイナリ山ではなく、山の奥地にある社《やしろ》……あまり他の人間達に無遠慮に立ち入って欲しくはないのじゃ」

なんとなく言いたいことは分かった。

立ち入り制限が解除されれば、避難していた多くの人達がイナリへと戻ることになる。当然、冒険者達も戻ってくることだろう。強力な妖獣である玉藻前が存在しないイナリ山は、冒険者にとっては探索し甲斐のある場所という訳だ。

玉藻前の留守を狙ってやって来る冒険者達を警戒しているということだろうか。

「更に詳しく話すには、少し時間がかかる。済まぬ」

最後にそう言って、玉藻前は礼儀正しく腰を折った。

「まぁ構わないさ。俺達はただ、この指名依頼を完遂するだけだ」

そう。

冒険者の俺達は依頼をこなすだけ。

玉藻前を無事に、立ち入り制限が解除される前にイナリへと送り届ける。

それが依頼なら、こなすだけだ。そしてその依頼は、既に受理されているのだ。詳しい事情の理由も気にはなるが、今全てを知る必要もないだろう。目的地《イナリ》へと向かいながら、話してもらえばいい。

俺とルエルは互いに顔を見合わせながら、大きく頷くのだった。

◇◇◇

その場に広げた大きな地図を囲むようにして、玉藻前を加えて俺達三人は座り込む。

大陸地図だ。冒険者組合で購入することが出来る。

「山岳都市イナリか……カルディア《ここ》からだと、それなりに距離があるな」

「ええ。私達はまだ組合から飛竜を借りることは出来ないし、いくつかの街や村を経由して徒歩で向かう必要がありそうだけど」

イナリへと向かう道順をどうするか。それを簡単に打ち合わせているところだ。

ただ向かうだけならこんな打ち合わせは必要ないが、玉藻前の希望を叶えるためにも、確実な道順を決めておく必要があると判断した。

「イナリへ向かうための道順は、大まかに三つあるわ」

そう言いながら、ルエルは地図の上に指を置いて説明してくれる。

「一つは、まず北に向かって進み、王都へも続いている『グランゼ大街道』を利用して北東のイナリを目指す。少し遠回りではあるけど、途中に街へと立ち寄りやすく、比較的安全で確実よ」

徒歩で向かうのならこの方法が一番なのだと、ルエルは付け加えた。

そしてこの道順でも、あまり余裕はないが、なんとか二十日後にはイナリへと到着することが出来るだろう。ということらしい。

「そしてもう一つは、『グランゼ大街道』を利用せずに、東から少し迂回してイナリを目指す。途中に存在している街は少なく、野盗や危険指定種の魔獣が出現する街道を通る必要はあるけど、かなり早くに到着出来る筈よ。なにもなければね」

悩ましいな。

道中に何かあれば、それだけ遅れてしまうことになる訳か。

「そして最後が……」

そう言って、ルエルは地図のカルディア――つまりは今俺達がいるこの場所にあたる場所に指を置いて、一直線にイナリへと走らせた。

「真っ直ぐにイナリへと向かう方法だけど、これは……」

俺達は飛竜を利用することが出来ない。

だから、徒歩で真っ直ぐイナリへと向かう方法として、ルエルは説明しているのだが……。

「途中に存在している危険指定区域――『炎帝の渓谷』を越える道。勿論、私達は危険指定区域に足を踏み入れることは出来ないから、この道順を取ることは出来ないわ」

そういう道順もあると、一応説明してくれたということらしい。

炎帝の渓谷か……少し懐かしくもある。

そう言えば、その渓谷の奥には『祠《ほこら》』があると姉が昔に言っていたな。

イナリ山には『社』があるらしいが、何か意味があるのか……。

「どの道順で行くの？」

と少し考えが逸れてしまったところに、ルエルが訊ねてきた。

その祠も今更ながらに少し気にはなるが、俺達だけで危険指定区域に立ち入ることは不可能。当然、最後の道順を選択することは出来ない。

そして、玉藻前の見た目はかなり目立つ。

出来るだけ人目につく道順を取ることは避けた方が良いように思える。

となると――

「東から迂回して、イナリを目指そう」

二つめの道順。

『グランゼ大街道』を利用せず、イナリを目指す。

「ま、今回に限って言えば、その選択しかないでしょうね」

「それじゃ早速向かうとしよう」

この高森林にやって来る前に、既にカルディアで準備は整えてある。

勢いよく俺が立ち上がると、ルエルもそれに続く。

訓練所の教練ではなかった、本格的な長期任務であり、カルディアから離れることに、無意識に胸が高鳴る。

「これからイナリまでの二十日間、よろしくな！　玉藻前！」

出来るだけ興奮を抑えながら、玉藻前に手を差し出した。

「うむっ！　よろしくお願いする――っ！」

俺の伸ばした手を取って、玉藻前も立ち上がるが――

「そそ、それまで我は……ず、ずっとお主と生活を共にするのかっ!?」

――ボッ！　と顔を赤くした。

「ま、まぁ、そりゃぁな。言い方はちょっとアレだが、俺達は玉藻前を護衛する立場だからな、出来る限り離れないようにしないとな」

「よよよ、よろしくお願いしますっ！」

その場で再び、玉藻前が深く、深く腰を折った。

見た目は大人びた姿になってしまったが、中身はやっぱり俺の知っている玉藻前だった。

「あの、私もいるから。忘れないでよね」

とにもかくにも、こうして俺達の指名依頼は始まったのだ。

ならばと、俺達は早速イナリへと向かうことにした。

時刻は昼時を既に回ったくらいの時間。玉藻前を連れて高森林の中を歩いているところだが……。

「おい、ちょっと引っ付き過ぎだぞ、玉藻前」

必要以上に体を引っ付けてくる玉藻前。

初めて出会った時と違い、今は少し歳上の女性の見た目をしているため少々照れ臭い。っと言うか歩きにくい。

「なに？　いや、コレは仕方のないことなのじゃ。我はお主らに護られる立場じゃが、同時にお主のことを護るようにと言われておる」

「だ、誰に？」

一応、確認してみた。

「お主の姉上にじゃ」

おい姉よ、心配し過ぎだぞ……。

俺もう冒険者になったって言うのに……姉にとってはまだまだ『心配な弟』と言うことだろうか。

――姉に言われた。そう言われてしまえば、俺は少し断りにくい。

ため息が零《こぼ》れてしまう。

「だけど玉藻前、ずっとその調子じゃシファも疲れてしまうわ。危険な魔物や魔獣と遭遇してからでも遅くはないわよ」

と、そんな俺達を見かねたのか……ルエルがやんわりと玉藻前を引き離してくれた。

「まぁ、俺達の実力は玉藻前も知ってるだろ？　そうそう護られるようなことにはならないと思うぞ」

「むぅ……」

後ろの尻尾がしゅんとしてしまった。

「と、とは言え……いざって時にはよろしく頼むな！　玉藻前！」

俺達の実力を玉藻前が知っているように、玉藻前の強さも俺達はよく知っている。その玉藻前を戦力として数えて良いとなると、ハッキリ言って怖い物なしだろ。

玉藻前の尻尾が元気を取り戻したのを確認して、俺達は森の中を進む。

◇◇◇

「依頼書、確認しました。それではこの瞬間をもって……カルディア高森林の立ち入り制限を解除させてもらいます」

「はい。御苦労様です」

高森林から少し歩いた街道に立つ冒険者組合員に、姉からの依頼書を見せると、組合員はその依頼書に一通り目を通してからそう言った。俺達の後ろに立つ玉藻前の姿もしっかり確認している。

玉藻前が高森林を離れることで、姉の『絶級特権』も役割を終える。

ちなみに高森林を徘徊していた死霊系統の魔物は、全て姿を消している。と言うか、あの殆どは玉藻前の妖術で作られた偽物らしい。

思い返してみれば、ミレリナさんと調査を行った時も……実際に俺達を襲ってきたのはデュラハンだけだった。

聖火の傷を月の光で治療するために姿を晒さなければならない夜に、人を高森林の奥に寄せ付けないための策だったそうだ。

「それでは、道中お気をつけて」

組合員は、軽く礼をしてから街の方角へと帰っていった。

「さて……」

改めて、俺は玉藻前へと向き直る。

ここからはもう高森林の外。コレは正式な冒険者としての依頼任務だが、玉藻前は危険指定レベル18。出来れば、あまり人の目に止まりたくはないな。

――となると。

「もう一度確認しておくぞ。玉藻前の姿を隠す妖術は、ずっと使い続けることは出来ない。そして完全に気配を隠そうとすればするほど、その時間は更に限られてくる。でいいんだよな？」

「うむ、その通りじゃ。気配を消そうとするほど、消費する魔力が大きくなってしまう」

「よし。なら、姿を隠すのはどうしても必要な時だけにしよう。出来るだけ目立たないように行動すれば、その妖術を使う場面も少なく済む筈だ。問題ないよな？　ルエル」

多分コレで良い。

玉藻前の見た目は目立つが、魔物や魔獣のような凶悪な外見をしている訳でもない。いきなり討伐してくるような奴はいないとは思うが、〝上〟級冒険者のサリアのような者も存在するし、基本的に玉藻前の姿を人前に晒すのは避けた方が良いだろう。

冒険者相手にならば、姉からの依頼書を見せれば一応は納得するとは思うが……念のためだ。

玉藻前は姿を消せるが、魔力を消費すると言う。本当に必要な時に姿を消せなくては意味がないしな。

「ええ、私もその方針で良いと思うわよ」

「よし、じゃあ出発だ」

冒険者となって初めての大きな依頼任務。少し慎重になりすぎているかも知れないとも思うが。ルエルも同意してくれた。

基本方針を改めて確認してから、俺達は再び歩き出した。

まず向かうべき方角は――北だ。

◇◇◇

カルディア高森林を出て北に暫く街道を進む。

過去に行われた危険指定種掃討任務のおかげか、カルディア周辺はかなり安全が確保されている。

一時は、夜間に野盗が出没していたようだが、いつの間にかそれもパッタリとなくなったとかなんとか。

よく晴れた空の下、魔物や魔獣に襲われることなく街道を進む。ここら辺は訓練生の時にも何度か来たことがあるため慣れた物だ。

周囲は背の低い草に囲まれた草原地帯。見晴らしもよく、魔物の姿を見落とすこともないが、結局魔物とは一度も遭遇することなく日没の時間となった。

「一応は、可能ならば夜間の行動は避ける。問題ないな？」

「ええ。だけど、玉藻前の姿を隠して移動したいなら、夜間にこそ行動するべきだと……私は思うわよ？」

確かに、その点については少し迷った所でもある。

しかし夜間というのは、思っている以上に気を張る必要があり、疲れてしまう。昔の調査任務で、夜の高森林を調査した時にそれを思い知った。

「分かってる。だが、休める時には休もう。こうして村や街がある時は、ちゃんと休むべきだ」

「ええ、分かってるわ」

——姉ならどうするのだろうか。夜だろうが何だろうが、さっさと進んでしまうんだろうか。

「じゃあ玉藻前、暫くの間……妖術で姿を隠してくれるか？」

「うむ。分かっておる」

——ドロン。と、玉藻前は青い炎に吸い込まれて、姿を消した。が、ほんの少しの気配は残っている。玉藻前の存在を知っている俺達だから分かる——ほんの少しの気配。

「よし、じゃあ村へ入ろう」

カルディアの北に位置するこの場所にある——シロッツ村。今日はこの村の宿屋で休むことにした。

俺達は、シロッツ村へと足を踏み入れた。

主に薬草の栽培が盛んな村だ。カルディアで売られている薬草も、ここからやって来ているらしい。

街で買うよりも、安値で薬草を購入することが可能だ。村を出る前に、買っておいても良いかも知れない。

誰も俺達に注目していない所、玉藻前の気配は村人には察知されていないな。

問題なく、宿屋へと到着した。

「あいよ、二人部屋で８０００セルズ。一人部屋は５０００セルズだよ」

カウンター越しに宿屋のおっちゃんがそう言った。

「………………」

こ、この場合はどうすれば良い？

玉藻前の姿は見えていないし、形は俺とルエルが二人で泊まりに来たと言うことになっている。

一人部屋を二室？　それとも二人部屋を一室か？

――チラリと、ルエルの顔を窺ってみた。

「うふ」

小さく首を傾げつつ、笑顔を見せてくれた。

いつもならこんな時、何かしらの助言をくれるのがルエルだが……なるほど。今回は何も言う気はないということか。

（二人部屋を一室じゃ！　シファよ！）

と、悩む俺の耳元に響く声。玉藻前だ。

（お互いを護るためにも、同じ部屋で寝るのは当然と言えるぞ）

確かにな……。

「二人部屋をお願いします」

８０００セルズを宿主に手渡した。

◇◇◇

早朝、俺達は出発することにした。

ちなみに昨日、玉藻前は部屋に入るなり姿を現した。なんやかんやあったが……結局はルエルと玉藻前が同じベッドで寝ることになった。

そして村で有用そうな薬草を買ってから、村の北側から街道へと出る。

ここから先は、教練で行ったことのない土地。

姉との特訓では色んな場所に連れて行かれたが、その時はただただ姉の後ろをついて回っていただけだ。

冒険者になった今、俺を引っ張ってくれる姉も教官も……ここにはいない。パーティーの仲間であるルエルと、相談しながら進むしかないのだ。

「よし……出発だな」

「ええ」

「よろしく頼む」

改めて、俺達は一歩を踏み出した。

更に北へと進むこと暫く、早朝だけあって人通りはまばら。

そして——俺達の目の前には北と東へそれぞれ延びる街道があり、脇には看板が立てられている。

北へ続く街道の看板には、《王都方面——レグリスの街、グランゼ大街道へはコチラ》。と書かれている。

一方、東へ続く街道の看板には、〝東陸街道——炎帝の渓谷方面、※危険指定種警戒〟との文字。

「危険指定種警戒……とは書いているけど、渓谷に近寄らなければ、それほど遭遇率は高くない筈よ」

「あぁ。東の街道を進もう」

炎帝の渓谷を突っ切る道順ではなく、この街道を利用して東から迂回してイナリを目指す。

——俺達は、東の街道へと足を向けた。

東陸街道——大陸の東方面へと続いている街道の一つだ。グランゼリア《王都》を中心として各大都市間を繋いでいるグランゼ大街道と違って、街道は最低限の整備しかされていないし、王国騎士団による警備も行われていない。

東陸街道は、都市間の移動に使う……と言うよりかは、大陸東側の秘境——〝炎帝の渓谷〟などに訪れる時に使われる街道。ということらしい。当然、この街道を利用する者は限られてくる。

都市間の移動には、グランゼ大街道を利用するのが普通だ。

そんな東陸街道に足を踏み入れてから、数日が経った。

既に魔物や魔獣とは何度か戦闘になったが、幸いなことにそれほど高レベルな奴との遭遇はなく、今のところ苦労はしていない。

――山岳都市イナリへの旅は、順調そのものだ。

周囲の景色は、既に草原地帯を抜けてゴツゴツとした岩肌が目立つようになっている。

〝炎帝の渓谷〟に近付いている。ということだろう。

そして再び、街道は北と東へと別れている。

北へ続く街道の先は炎帝の渓谷だ。そちらの方へ目をやってみると、少し進んだ所に小屋があるのが見える。

冒険者組合員の詰所……だろうか。あそこから先は『危険指定区域』、通るのなら組合員の許可が必要ということだ。俺達は通ることが出来ない。

渓谷を通れば、かなりの近道になるんだが……これぱっかりは仕方ない。もう少し東から迂回するしかない。

◇◇◇

岩肌に囲まれた街道。危険指定種も多く生息しているらしいこの街道で、それは突然のことだった。

——ドロン。と、念のために姿を消してもらっていた玉藻前が、俺達の目の前に唐突に姿を現した。

「止まれ！　何か来よるぞ」

腰を落とし、前方を警戒している様子。狐耳がピコピコと動き、九つの尾が逆立っている。

一応、周囲の様子を確認してみるが……幸運なことに近くに他の人間の姿はない。

「玉藻前、一応言っておくけど……俺達がお前の護衛なんだからな？」

まるで俺達を護ろうとする立ち位置の玉藻前にそう言いながら、前に出る。

ルエルも、可笑しそうに笑いながら俺に続いてくれた。

「いや、その……済まぬ……つい」

イナリ山の護り神……だもんな。ついつい護ってしまいたくなる。とか？

少し照れ臭そうにしている姿が、ちょっと可愛らしくもある。

それはそうと——

前方に視線を向けてみた。

岩肌に囲まれた街道。周囲にはゴツゴツとした岩場に、少しばかりの木が生えたなんともみすぼらしい街道がずっと奥まで続いているだけで……玉藻前の言う〝何か〟の姿は見えない。

しかし、玉藻前がわざわざ警告しに出て来てくれたんだから、何もないなんてこともないだろうな。

俺達は足を止めたまま、様子をみることにした。

すると――

「――――」

前方から、何かが聞こえてくる。

「――――」

次第に大きく、鮮明になり、聞こえていた物が咆哮なのだと気付いた時に、姿を現した。

「翼竜？」

「……そうみたいね」

間違いなく翼竜だ。前方から翼竜がコチラに向かって来ている。危険指定レベルは7。危険指定種ではあるが……俺とルエルにとっては正直、今更感がある。

しかし、その翼竜に追われる形で、二人の人間が走っていることに気付いた。

「玉藻前、一応姿は隠しておいてくれ」

「うむ。しかし、何かあれば我も手伝うからな」

再び玉藻前は姿を隠した。

「どういう状況だ？　コレ」

「さぁ？　でも、あの翼竜……少し様子が変よ」

前方から近付いてくる翼竜に目を凝らす。

なんだ？　翼竜の目がおかしい。充血していて、まるで正気じゃないような……そんな感じ。歪《いびつ》な牙が立ち並んだ口内を晒して、なりふり構わず目の前の二人に食らい付こうとしている。

率直な感想が――これまで見てきたどの翼竜よりも、狂暴そう。といったところだ。

そして――そんな翼竜に追いかけられているうちの一人と、目が合った。

「チッ！　おいフィリス！　前に人がいやがる。しょうがねぇ、この翼竜……ここで仕止めんぞ！」

「はい兄さん。ここなら楽に討伐可能です」

見た限りでは、全力で翼竜から逃げているような構図だが……意外にも余裕がありそうな会話が聞こえてくる。

二人はその場で急停止して……意識を集中するような素振りを見せた。どうやら収納魔法を使用するようだ。

後ろからは翼竜が迫って来てるのに、肝が据わっているなと感心する。

男が取り出したのは槍だ。右手と左手に一本ずつ。

そしてもう片方――小柄な少女が取り出した物を見て、少し驚いた。

少女が収納から取り出した物は、巨大な斧。黒と金を基調とした、物々しい装飾の施された斧。

――あんな少女が……あんな斧を振り回すのか。

「いつもので頼むぜ、フィリス」

「はい」

二人は、翼竜へと向かって行った。

◇◇◇

翼竜は見事に討伐された。

男が二本の槍で翼竜を翻弄し、適度に動きを封じた所に……少女の強烈な一撃が炸裂しての、正に一撃必殺が決まった形だ。

俺とルエルは、そんな様子を見守っていた。

倒れ伏した翼竜が起き上がって来ないことを確信すると、二人が俺達の方へと近付いてくる。

「悪いな、ビビらせちまったか？　まぁ安心しろ、見ての通りぶっ倒してやったよ」

男前だ。

赤い髪をオールバックにまとめた、見た目は少しチャラそうな雰囲気の男。左耳には三連のリングピアスが光っている。

「もう兄さん！　初対面の方に失礼ですよ？　すみません、兄が……」

可憐な少女……と表現すればいいのか？

男と同じく赤い髪。ふんわりとした髪が、肩の上程度の長さで切り揃えられた少女……歳下に見える。

だが、少女の傍らには巨大な斧がズシリと置かれている。

「あぁ？　別に礼儀を正す必要なんてねえよ……冒険者じゃあるめぇし——って、あ？」

っと、そんな会話をしながら、男は俺達の方へと視線を向けた。視線の先は俺でも、ルエルでもなく——空中。いや、強いて言うなら、そこは玉藻前が立っている場所……か？　姿は見えない筈だが……。

「臭ぇな。魔獣の匂いがすんぞ。それもさっきの翼竜が糞雑魚に思える……強力な奴の匂いだ」

男の視線は、周囲を見回している。

玉藻前のほんの僅かな気配を、この男は感じ取っているらしい。

「気のせいじゃないですか？　兄さん。私はそんな気配感じませんし……見える範囲にはそれらしい魔物や魔獣もいません」

「そうか？　んー、いや、コレは流石に気のせいじゃねーと思うんだが」

「悪いけど、私達は先を急いでいるわ。どこの誰だか知らないけど、通してもらえる？」

二人の会話を遮るように、ルエルが一歩前に出る。

そのおかげか、男の意識はルエルへと向けられた。

「——なっ!?」

アングリと大きく口を開けて固まる男。かと思えば——

「お、おいフィリス！　ちょっと来い」

「えぇ？　何ですか？」

男は少女を連れて俺達から少し距離を取る。チラチラと、ルエルの方を振り返りながら。

「やべーぞ。とんでもねぇ美女だ、乳もデケェ」

「……キモいですよ、兄さん」

丸聞こえだ。

チラリとルエルの表情を確認してみると、ヒクヒクと頰が痙攣している。一応は笑顔だが、目が笑っていない。多分、怒ってるな。

「コホン。まーなんだ、危なかったな！　先を急いでるってことは……お前らもイナリへ向かってんのか？」

男の口から出てきた『イナリ』という言葉に、思わず反応してしまった。

表情に出てしまったのだろう。男は「やっぱりなっ」と呟いてから更に言葉を続けた。

「今この街道を通ってる奴が行く所と言やぁイナリしかねーだろ。立ち入り制限が解除されるし、イナリ山に住んでた超強力な妖獣も――」

「兄さん！」

気分よく話していた男の言葉を、少女が遮った。そしてその子の視線は俺の胸当たりに向けられ、次にルエルの腕へと移動する。

冒険者証だ。俺とルエルの冒険者証を確認したように見える。

「兄さん、先を急いでいるようですし……あまり時間を取るのは良くないです。それにこの人達……冒険者ですよ」

「あ？　マジじゃねーか。しかも一本線……〝初〟級冒険者かよ」

ほんの少しだけ、俺達を見下したような表情。隣の少女も似たような物だ。

そして見た限りでは、この二人は冒険者証を身に着けていないようだが、何処かに隠し持っているのだろうか。

「あぁ。俺達は初級冒険者だが、ソッチは？」

さっきの二人の息ピッタリな連係と個人技は、俺の知る中では〝上〟級冒険者並の実力に見える。〝超〟級《ユリナ教官》には遠く及ばないだろうが、〝上〟級冒険者と言われても納得する。

しかし、男の答えは――

「俺達は冒険者じゃねーよ」

当然のように、そう話す。

冒険者じゃなかったら、なんなんだ？　一般人……ってことか？

「貴方達……狩人《ハンター》ね」

「え、狩人？」

初耳だった。

「えぇ。冒険者組合に属さず……魔物や魔獣の討伐や、秘境の財宝の獲得を専門として生計を立てている者達のことよ」

「ま、俺達のことをそう呼んでいる奴は多いな。その姉ちゃんの言ってることは何も間違っちゃいねぇよ」

そう言ってから、まるで話はこれで終わりだとばかりに、背中を向ける男。

「俺達もイナリへ向かってる。あまり冒険者とは馴れ合いたくねぇ。忠告しておくぞ、もしイナリ山で会っても……俺達の邪魔はすんじゃねーぞ。イナリ社の宝は、俺達がもらう」

「はい。私達は冒険者の方と馴れ合いたくはありませんが、敵対もしたくはありません。〝超〟級……そして〝絶〟級と呼ばれる冒険者の方々には、ハッキリ言って勝てる気がしませんので」

「はっ！　行くぞ、フィリス」

「はい、兄さん」

一方的にそれだけ告げてから、二人はさっさと走って行ってしまった。

街道を真っ直ぐとイナリ方面へと向かって。

少し、嫌なことを聞いてしまったな。

どうやら本当に、あまりゆっくりしている時間はないのかも知れない。

「ルエル、俺達も先を急ごう」

「ええ、そうね」

俺達は、イナリへの道を急ぐことにした。別にゆっくりと進んでいた訳ではないが、あの二人の言っていたことが少し気になり、更に速度を上げることにした。

狩人の二人に討伐された翼竜は、翼の鱗や牙、更に爪と……あらゆる部位が回収された状態で横たわっている。さっきの兄妹、やけに慣れた手つきだったな。

「ルエル……狩人について、詳しく教えてくれ」

地に伏す翼竜を横目に、足早に進みながら問いかけた。

「……そうね、私もあまり詳しい訳ではないけど、知っている範囲でならね」

――やっぱり聞いてくると思った。みたいな表情だな。

「狩人は冒険者と違って、『組合』のような組織には属していないわ。全て自分の判断で行動する。主な活動は魔物や魔獣の討伐に、秘境の探索」

チラリと、一瞬だけ玉藻前がいるであろう場所に視線を向けてから、更に話を続けた。

「収入源は、討伐した魔物の素材や秘境で手に入れた貴重品を売却……と言った所でしょうね。冒険者の私達《わたち》ように、組合を経由しての依頼をこなしたりはしないわ」

つまりは、全て自力でこなしている連中。と言うことだろうか。そう考えると、尊敬出来なくもないようにも思える気がするな……。

もし俺が冒険者になっていなかったら、その狩人になっていた可能性もあったのかも知れない。と一瞬思ったが、我が親愛なる姉が、それは許さないだろうな。

「そしてどうやら、玉藻前のいないイナリ山は……その狩人達の格好の狩り場になってしまったようね」

「…………」

うん。さっきの二人の口ぶりから察するに、ルエルの言う通りだと思う。

イナリ社《やしろ》の宝……か。

「玉藻前」

周囲に人の姿がないことを確認してから呼びかけた。

するといつものように――ドロンと青い炎が何処からともなく出現し、玉藻前が姿を現した。

街道を走る俺達と並ぶように出現した玉藻前が、ジッとコチラを見つめてくる。

どうやら、俺からの言葉を待っているようだ。何を訊かれるのか、予想がついているらしい。

「イナリ社に宝があるのか？」

玉藻前は、前に向き直りながら答えてくれた。

「お主ら人間にとって、果たしてソレが宝と呼べる程の価値があるかどうかは分からぬが……イナリ社には、我にとってはとても大切な物がある」

「イナリ山は、鳳凰の聖火に焼かれたと聞いたが？」

「確かに、イナリ山は聖火に包まれ……木々は焼け、地は焦げ、岩は砕けた。しかし、山はかつての姿を取り戻しつつあると思うし、何よりイナリ社は無事じゃ」

たしか、玉藻前は鳳凰との戦闘に敗れ、カルディアの方まで逃げ延びた筈。

鳳凰はその後も、姉達に討伐されるまでイナリを占有していたと言う話だったが……どうしてイナリ社が無事だと分かるんだ？

そう疑問に思うが、この玉藻前の表情はイナリ社が無事だと確信しているように見える。

まぁ、俺はイナリのことを何も知らない。イナリ社が無事かどうかは、実際に行ってみれば分かるか。

そして、その玉藻前にとって『とても大切な物』が、狩人の二人が言う宝ということだろう。

「玉藻前がカルディア高森林で体を休めていたことは、全ての冒険者組合で共有されていた情報よ。そんな中でイナリへの立ち入り制限が解除されれば、イナリ社を探索しようとするのは狩人達だけではない筈。……冒険者も、多く訪れるでしょうね」

「………」

ルエルの言葉に、玉藻前はただ黙って頷いていた。

高森林を出る前に、イナリ社は人間に無遠慮に立ち入って欲しくない場所と言っていたのは、そういう理由らしい。

「そんなに大切な物なのか？」

玉藻前がそこまで心配する『大切な物』とはいったい何なのか、正直気になる。

いったいどれだけ大切な物なんだよ——と、そんな俺の質問に対して玉藻前は——

「……う、うむ」

「え？」

頬を赤らめて、小さく頷いた。

「え、ちょ、何？　どういう反応？　それ」

「い、いや、何でもない！　とにかく！　とても大切な物なんじゃ、我にとっては！　済まぬが、イナリまでよろしく頼む！」

「あ！　ちょ、おい玉藻前——」

ドロン——と、再び青い炎の中に消えていった玉藻前。

い、いったいイナリ社には何があるって言うんだ？　いったいどれ程の大切な物だって言うんだよ。

隣を走るルエルも、眉をひそめて首を傾げている。

とにかく、先を急ぐことにしよう。

◇◇◇

そして――

「お待ち下さい。あなた方……イナリの住民ではございませんね？」

カルディアを出発してから暫くが経った頃、相変わらず続いている街道の先を遮るようにして立つ男に、足止めされてしまった。

「この先は山岳都市イナリとなりますが、現在……住民以外のイナリへの立ち入りは制限されております。明日の正午にその制限は解除されますので、出直して下さい」

装いから、この男は冒険者組合員だと思う。

どうやら、イナリに到着したようだ。そして、今はまだ立ち入りが制限されているとのこと。

玉藻前の希望通り、立ち入り制限が解除されると同時にイナリへと入ることが出来そうだ。

とりあえずは一安心。

俺とルエルは互いに顔を見合わせながら、ホッ――と胸を撫で下ろした。

次に、視線を前へと向けてみる。

組合員の向こうの、更に奥――一際大きな山が見える。その山の麓には、所狭しと建物が並び建っている。山岳都市イナリだ――ここからでも、その綺麗な自然溢れる街風景が覗き見える。大都市だ。

そして、あの大きな山が――イナリ山か。

所々、山肌が剝き出しになっているのは鳳凰の聖火による物だろうか。

「コホン。もしイナリへ用があるのでしたら、近くにある宿酒場で一泊していくと良いでしょう。あなた方と似たような方々が、既に利用されていますよ」

「こ、これはどうもご丁寧に」

組合員が視線で示す方、街道の脇にポツリとある宿酒場。

おそらく――東陸街道からやって来た冒険者達に利用してもらう目的で、ここに店を構えているのだろう。

街道の途中にも似たような店は存在していたな。比較的、危険指定種が多い渓谷周辺には流石になかったが……。

とにかく、俺達もその宿酒場で部屋を借りることにしよう。

『蓮華亭』と書かれた看板が目に止まった。

「おいルエル！　ここ蓮華亭だぞ」

「え、えぇ。蓮華亭は大陸全土に支店を持つ有名な宿酒場よ」

――知らなかったの？　みたいな眼差しを向けられるが、気付かない振りをしながら扉を押し開く。

中は、カルディアにある蓮華亭と似たような雰囲気。

数多く並べられた椅子と机には、既に多くの者達が腰を据えている。

ガヤガヤと、とても騒がしい。

そしてこの場にいるほぼ全ての者の装いは、一般人のソレとは違う。

冒険者、もしくは――

「狩人か……」

「そうね。冒険者証のない者は、そう思っておいた方が良いわね」

「とにかく、今日はここで一泊するからな」

「えぇ、構わないわ」

部屋を確保すべく、受付のある奥へと歩き出す。

途中、近くのテーブルでの会話が、耳に入って来た。

「イナリ山か……たしかイナリ社は、簡単には見つけられねえって話だろ？」

「あぁ。妖術……って噂だ。並の奴には、見つけることはまず不可能――だが」

ピタリと、思わず足を止めてしまった。

そこで行われている会話が気になってしょうがない。

「イナリ山の妖獣がいねぇ今、その妖術も弱まってるって話だぜ？」

「けどよ、もし……その妖獣が戻って来てたらどうするんだよ」

「あぁん？　そん時はお前……その場にいる全員で妖獣を討伐すりゃ良いだけの話だろ。こんだけの狩人が集まってんだぜ？　危険指定レベル18の妖獣だろうが余裕だろ。分け前は、そん時考えりゃ良いさ、多少揉めるかも知れねーがな」

ガッハッハッハッハ！　と笑い声を上げる男。頬がかなり赤く染まっている所を見ると、相当に酔っているらしいな。

「シファ……気持ちは分かるけど、今狩人と揉めるのはあまり良くないわよ。私達はもう、冒険者なんだからね？」

「分かってるよ」

気を取り直して、俺は再び歩きだした。

#34　狩人の兄妹

「こんだけの狩人が集まってんだぜ？　危険指定レベル18の妖獣だろうが余裕だろっ！」

宿酒場——蓮華亭内で、人目もはばからずに高笑いする狩人の男のその声は、周囲の喧騒にのまれて消える。この男の連れであるもう一人の狩人以外に、今の会話を聴いていた者は少ない。

しかし、その大きな声は……確かに蓮華亭内に響いていた。

「兄さん……実際のところ、イナリ山の主……妖獣——玉藻前は本当にイナリにはいないのですか？」

蓮華亭の一角。店内を見回せる席に座る二人組。

その机に置かれているのは、果実水と——稲酒《イナリシュ》と呼ばれる度のキツい酒のみ。

騒がしい店内とは裏腹に、この机の雰囲気は落ち着いていた。

立ち入り制限が解除されるイナリを目的とした狩人や冒険者が多く立ち寄るであろう宿酒場で、可能な限りの情報を手に入れるために意識を研ぎ澄ましていた。

「……その筈だが、狩人の俺達には冒険者共の新しい情報は入って来ねえ。万が一ってこともある、ギリギリまで情報は集めておかねーとな。ここには冒険者共も多くいやがるし、玉藻前の新しい情報もあるかも知れねーからな」

狩人は、組合などと言った組織には属していない。

魔物の出現、街の立ち入り制限、魔境化、魔神種の出現……という情報は全て自力で得るしかない。

そんな彼等にとって、人の集まる宿酒場は情報収集にはもってこいの場所だった。雑音のような会話から有益な情報を盗み聞き、繋げることで、新たな情報となることがある。

「イナリ社の妖獣……玉藻前。兄さんは、どちらかと言うといて欲しい――って思ってますよね？」

意識を店内に向けたままで、少女が対面の男にそう訊ねた。

「まぁ、正直に言えばどっちでも良い。いなけりゃイナリ山の探索が楽。もしいたなら――」

ビシッ――と、親指を突き立てた握り拳で、自らの首を斬る仕草を取る男。ニカリと笑って見せる。

「どんな手を使ってでも、討伐してやるさ」

――勿論、俺達二人だけでな。と、付け加えた。

「危険指定レベル18……果たして、倒せるのでしょうか」

強気な男とは対照的に、少女の表情には不安と恐怖と言った色が見える。

「危険指定レベル18か……確かに、そんな超高レベルな化物、正面からやりあえば、まず勝てねぇな」

「…………」

「だがよ、玉藻前は……コチラから手を出さねぇ限りは人を殺さない。……と、言われてるらしいぜ」

「『らしい』ですよね。その話は当然、私も知ってますけど……」

――結局のところ、玉藻前を討伐するには手を出すしかないのだから……返り討ちに遭うだけじゃないのか。

と、少女は首を捻《ひね》るが、男はニヤリと笑いながら話を続けた。

「その性格を利用すれば、なんとか討伐することは出来んだろ。これまでもそうやって、俺達は頭を使って高レベルの魔物を討伐してきた。仮に玉藻前がいたとしても……これまでと何も変わらねーよ」

「そう……ですね。はい。兄さんの言う通りです」

兄の言う通り、これまで二人は幾度となく高レベルの魔物や魔獣を討伐してきた。その中には格上の相手も存在した。

そんな格上が相手の場合は、頭を使い、工夫する。自分達にとって有利な場所や状況を作り出し、敵を討伐する。

そうやって、二人は死線を越えてきたのだ。

しかし――少女の不安が拭い去られることはない。

妖獣――玉藻前。危険指定レベルは18。

数字が大き過ぎる。二人がこれまで出合ってきた魔物や魔獣の危険指定レベルは10前半が良いところ。

『18』というレベルを冒険者組合から定められた妖獣に手を出して……もし、本気で自分たちの命を狙って来たら？　有利な場所で、有利な状況を作った上で弱点を突いても尚――まるで手の届かない域の強さだったら？

少女は――これまで感じたことのない『嫌な予感』に支配されていた。

そんな妹の不安を、男は表情を見ただけで感じ取る。

「フィリス……大丈夫だよ。もし本当にヤバくなったら逃げりゃ良いだけの話だ。俺達は魔物を討伐しなきゃ生きていけねー狩人だが、狩りをするために生きてる訳じゃねーからな」

「……はい」

目の前の兄の言葉は、少しだけ少女を安心させた。

妖獣――玉藻前の耳や九つの尾と言った部位素材は、どれだけの値が付く代物か見当もつかない上に、武器の素材として使用すれば……玉藻前の力を宿す強力な装備が手に入る。

もし討伐出来るのなら、是が非でも討伐したい。狩人にとって、玉藻前とはそんな存在だ。

しかし、討伐出来ればの話。

目の前の宝に目が眩み、勝てない相手に勝負を挑み命を落とす。狩人に最も多い死に方だが、兄がそんな愚かな狩人ではないことを知っている。

「けどなフィリス。俺は玉藻前……決して勝てねえ相手じゃねえと思ってるぜ？」

そう言いながら、男は少女の右手に視線を向ける。

「お前が、その大斧――幻竜王《バハムート》を使いこなせさえすれば……な」

「兄さん……これは――」

「分かってるよ。微量だが、幻竜王の素材が使われた斧。完全に使いこなすのは不可能に近いってことくらいな」

「はい。魔力を流し込むと、全身の魔力を持って行かれそうになります。……精々、二度振るうのが限界です」

自身の収納空間に納めてある大斧。

かつて大陸を襲った竜王の素材を微量に含んだ物。その斧の力を存分に発揮出来ていないにもかかわらず、三度も振るえない。

自分の不甲斐なさに、少女はまたしても落ち込んでしまう。

――もし、この大斧を完全に使いこなせさえすれば……有利な状況下で兄と連係し、隙を狙えさえすれば、確実に玉藻前を討伐出来るんじゃないだろうか。

しかし、この大斧を使いこなすことが出来ないのは、自分がよく分かっていた。

「そんな顔すんなよフィリス。その斧、俺には扱えねーし、二度も振るえれば充分だろ」

男は、肩を竦《すく》めながら話す。

「そんな化物の武器……完全に使いこなして、尚且つ振り回せる奴なんざ、この世界に一人しかいねーよ」

「〝戦乙女〟……ですね」

少女も、少しだけ呆れながら口を開いた。

自分たちも、別に弱いと言う訳ではないが……あまりにも住む世界の違う存在の女性。

その女性の持つ武器の完全に下位互換ではあるが、同じ素材の武器を持っている事実と、ソレすらも満足に扱えない自分。

そして、そんな自分すらも、凡人よりはまだソレを扱えていると言う現実に、呆れた。

「おー、こわ。フィリス、この話はこれで終わりだ。明日の準備もあるし、今日はここまでだ。部屋に戻るぞ」

「はい兄さん」

あまり減っていなかった果実水を一気に飲み干して、席を離れる兄の後を追う少女。

知らない人間から見れば、二人はただ仲の良い兄妹のように映るだろう。

しかし彼等は、これまで数多くの修羅場を潜り抜けてきた狩人であり、山岳都市イナリを訪れた
――数多くの狩人の内の二人である。

#35　山岳都市イナリ

宿酒場――蓮華亭で一夜を過ごした。

玉藻前には姿を隠してもらっていたため、今回も二人部屋を一室借りている。部屋に入ってしまえば玉藻前は姿を現すので、三人で二人部屋を利用している形だ。

部屋に備え付けられている二つのベッドはルエルと玉藻前に使ってもらい、俺は手頃な床で適当に寝ていたのだが――

瞼に感じる暖かな陽射しで、目を覚ました。

どうやら朝らしい。

まだ上がり切らない瞼の隙間から、陽の射す方へと視線を動かすと……窓の前に一人の女性が立っていることに気付く。カーテンを少しだけ開けて、外の景色を眺めているようだ。

銀色の絹糸のような髪が日光を反射させて、更に美しさが増しているように見えた。

高森林で月光に照らされた幼い姿の玉藻前も幻想的だったが、大人びた姿となった今の彼女も神秘的だ。

立ち上がり、俺も窓の方へと歩み寄る。

この部屋は蓮華亭の三階。窓からは、山岳都市イナリの景色がよく見える。

玉藻前は、ここからイナリの街……いや、イナリ山を眺めていたらしい。

「我は帰って来た。イナリへ」

未だ視線は窓の外へ向けたままの彼女だが、すぐ後ろに立つ俺の存在に気が付いているようだ。

「……だな。あれがイナリか、壮観だな」

周囲の山よりも一際大きいイナリ山。その麓に栄えた大都市もそうだが……何よりもイナリ山の存在感が凄まじい。

もし、あの山を本気で探索しようと思ったら、いったいどれだけの日数を要するのか見当もつかない。

「お主に命を救われ……姉にイナリを救われ、こうしてお主に連れられて帰って来られた。本当に、お主ら姉弟には頭が上がらぬよ」

こちらを振り返った玉藻前と目が合う。

いつもの可愛らしい雰囲気とは少し違い、どこか色っぽい雰囲気を漂わせているように感じる。

「我はいったい、お主に何を返せば良いのだろうか……」

「え、えっと……」

ズイッと一歩、大きく距離を詰められる。

身構える。と言うのとは少し違うが、ほんの少しだけ体が固まってしまった。

「い、いや前にも言ったけど『玉藻前が高森林で体を休めてる』と組合に報告したのは俺なんだよ。

だから、あの時冒険者が高森林を訪れたのは俺のせいと言うか……つまり、そんなに気にしてもらっても困ると言うか……」

「我はそうは思わぬ。どちらにせよ、我があの森で体を休めていたことは人間に知られていたであろう？　偶然ソレを知ったのがお主だっただけのこと。お主も……もしあの時に我と出会っていなければ、わざわざ助けに来ることもなかった。違うか？」

確かに……。

あの時、もし俺達が高森林の調査を担当していなかったとしたら、遅からず玉藻前は他の人間に存在を知られていただろう。

その時は、俺の知らない所で……俺の知らない内に玉藻前は討伐されていたのかも。仮に知ったとしても、見たこともない玉藻前を、わざわざ教練を放棄して助けに行ったとも思えない。

「な？　お主だったからこそ、我は再びイナリへと帰って来られたのだと思う」

更に一歩、玉藻前が距離を詰める。

妙な雰囲気に、俺は思わず――ゴクリと喉を鳴らした。

「我がお主に返せる物は少ない。果たして……我の持つ物が、救われた命に見合う物なのかどうか……」

そう言いながら、逸らした視線を下に向けた玉藻前は、俺の手を取った。

ゆっくりと、自分の胸の位置まで持ち上げる。

そして――

「コホン」

背後から聞こえた咳払いに、思わず肩をビクつかせてしまう。

「おはよう。気持ちの良い朝だけど、私の存在を忘れて二人だけの世界に入るのは止めて欲しいわね」

起こしてしまったのか、それとも起きていたのか分からないが、少し呆れたような口調のルエル。その表情は分からない。

玉藻前が未だに俺の手と、そして視線をガッチリと摑《つか》んで放さない。

しかし――

「勿論、お主の存在を忘れるなど有り得ぬ。お主も我を救ってくれた。そしてこうして、シファと共に我をここまで連れて来てくれたのだから」

僅かに微笑んでから、視線を俺の背後のルエルに向けてそう言った。

「そうだぞ？　俺とお前は固定パーティー。寧《むし》ろ訓練生の時からセットみたいなもんだろ――って」

妙な雰囲気からようやく解放されて、ルエルの方を振り向くが――

「――？　どうしたの？」

固まる俺に、ルエルがキョトンと首を傾げている。

どうやら気がついていないらしい。

「ルエル……お前、すっごい寝癖だぞ」

「ひっ――」

そっか、これまでは基本的にルエルの方が起きるのが早かったからな。いつもバッチリに整えられていた身なりは……そういうことか。となるとコイツ、いつもこんな早くに起きてるのか。

「ちょ、ちょっと……見ないでっ、お願いっ」

慌てたように、ペタペタと自分の頭を押さえ付けている。

いつも冷静なルエルとは思えない慌てっぷり。見開いた涼しげな青い瞳とは対照的に、顔が真っ赤だ。

それにしても、どんな寝方をすればそうなるのやら……ちょっと想像がつかない。

「やれやれじゃ。寝癖程度、ゆっくり直せば良いのに。まだ時間はあるぞ？」

「な？」

確かにまだ早朝だ。イナリへ向かうのはもう少し後。

呆れたような玉藻前の言葉に、俺は相づちを打った。

「そ、そういう問題じゃないからっ！」

ドタバタと、ルエルは部屋の奥へと引っ込んでいった。

◇◇◇

山岳都市イナリは、巨大なイナリ山の麓に栄えた大都市だ。

イナリ山を背に、広範囲に渡って様々な建造物が建ち並んでいる。

正門から伸びる一本の大通りが、真っ直ぐとイナリ山まで続き、街の北側にある上門と南側にある下門からそれぞれ伸びる上通りと下通りが、その大通りへと合流している。

大通りを境に『上区《かみ》』と『下区《しも》』と呼ばれ、上通りと下通りを境に、『右上区《うかみ》』『左下区《さしも》』と言った具合に区別されている。

……と、玉藻前が教えてくれた。

南のカルディアからやって来た俺達は、下門からイナリへと入ることになる。

正午前——準備を済ませた俺達は、その門が見える所で待機している。

周囲には、そこの門が開かれるのを待っている者が、俺達以外にも多く存在している。冒険者か……狩人だろう。

先日遭遇した赤い髪の兄妹の姿もある。どうやら、向こうは俺達に気付いていないようだ。

「そろそろね」

すぐ隣のルエルが呟いた。

視線を、門の方へと移動させると——

「——開門っ！」という声と共に、

——グググ……と、重量感ある分厚い門が開かれていく。

開け放たれた門へと流れていく人に交じって、俺達も続いた。

イナリへと、足を踏み入れた。そんな俺の目に飛び込んで来たのは、カルディアとはまた違う街並み。

真っ直ぐと奥まで続く道の脇に立つ、鮮やかな桃色の花に覆われた木々が……イナリと言う街を彩っている。

「…………」

見たこともない景色に、思わず足が止まった。

「うわ……」

無意識に口から出たのは、間の抜けた声だった。

鳳凰の聖火で焼かれたと聞いていたイナリの街だが、少なくとも俺の視界に飛び込んで来た景色は……とても綺麗で、心地よさすらも感じさせる物だ。

カルディアの街とは少し違って、背の高い建物や家屋は見た限りでは多くない。あちこちにある大きな木々の、その緑豊かな景観を損なわないようにした結果だろうか。

それよりも、まるで狙ってそうしたかのような……この下通りの脇に並んで立っている桃色の木が凄いな。どうしてもソチラの方に視線がいってしまう。

「る、ルエル……あの桃色の木はなんだ？」

「ちょ、ちょっと待ってね」

あれ？　もしかしてルエルも知らないのかな。

いつもならすぐに答えてくれるのに――なんて思っていたら、ルエルはモゾモゾと、どこからか冊子のような物を取り出した。

「『桜』という名前の木らしいわ。イナリの名物の一つ。と、これに書かれているわ」

『イナリ攻略本』そう記された冊子を得意気に見せてくる。

コイツ……蓮華亭で何か買っていたのは知ってたけど、まさかこれだったとは。

「おい。俺達は観光に来たわけじゃないぞ。これは指名依頼なんだからな？　それもロゼ姉の。分かってんのか？」

「わ、分かってるけど！　依頼が終わったら、ちょっとは街を見て回っても良いんじゃない？」

「……ま、まぁ。それはそうだけど」

正直、イナリの街を見て回りたい気持ちは俺も同じだ。その『桜』という木も、向こうにある――背は低いがやたらと太い木。遠くに見える、五つの屋根が重なっている木造の塔も本当はもっと近くで見てみたい。

でも、今は姉からの指名依頼の途中。これを先に終わらすべき。そう、思った瞬間――

――チリン。

という音が、背後から聞こえた。

「失礼します」

そして、そう声をかけられた。

女性の声。丁寧な口調だが、少しだけ違和感のある話しかた。

振り向いてみると、着物姿の女性がお辞儀をしながら立っていた。

「イナリへよくぞお越しくださいました。シファ・アライオン様。そして、ルエル・イクシード

様」

　サラリとした黒髪がよく似合う、綺麗な女性。

　――チリン。という音は、彼女の腰に飾り付けられた鈴から鳴っているようだ。

　名乗ってもいない名前。それもフルネームで呼ばれたことで、少しだけ身構えてしまう。

「申しおくれました。わたし、冒険者組合イナリ支部の組合員――音無《おとね》と言います」

　そう言いながら、再び丁寧にお辞儀をしてくれた。

　冒険者組合員――と言われても、俺の知ってる組合員の装いとは少し違っているように見える。

　カルディアの支部とイナリの支部で、制服が違うということだろうか。

　と、ルエルの方を窺ってみるも、俺とよく似た反応をしている。

「支部長に、お二人を連れてくるように仰せつかっております。イナリ支部までご案内致します」

「いや、いきなりそんなこと言われても」

　今すぐは少し不味《まず》い。玉藻前も一緒にいる状態だ。

　冒険者組合の判が押された今回の依頼書を持ってはいるものの、万が一……他の冒険者に玉藻前の存在を気付かれでもしたら少しややこしいことになりそうだ。

「心配する必要はありません。悪いようには致しませんので」

　ニコリと上品な笑みを浮かべながら、またしても丁寧なお辞儀をする音無さん。

「すいません。ちょっと今は行けません」

　それに、知らない女の人にはついて行くなって、いつか姉に言われた気がするし。

「心中御察ししますが、支部長からの指示ですので――」

「はい。後で行きますので――」

「いえ、今でなければ駄目なのです」

「すいませんが――」

「もうええて！　分かってるから！　君ら冒険者やろ!?　支部長の指示や言うてるやん！　黙ってついて来ーや！　三人共や！」

「――え」

途端に声を荒らげる音無さん。

急変した彼女の雰囲気と、妙に怖い話し方にギョッとする。それに――三人共。そう言った。

玉藻前に気付いているのか。

◇◇◇

下通りを真っ直ぐ進み、大通りに出たところで冒険者組合が目に入ってきた。

場所は、街のど真ん中と言ったところだろうか。

「先程は失礼しました。お見苦しいところを見せてしまいましたね」

「い、いえ」

ほんと、さっきのは一体なんだったんだよ。と言いたくなるくらい上品に笑って見せる音無さん。

そして、俺達は音無さんに案内されて冒険者組合へと足を踏み入れた。

中はカルディアの支部とよく似た雰囲気だが……。

「今はまだ、依頼書の発行をおこなっておりません。ですが、討伐の報酬はお渡ししております。討伐証明部位をもしお持ちなら対応致しますので、気軽にお声掛け下さい」

言われてみれば、イナリが開放されたのはついさっきだし、冒険者が少ないのは当たり前のことだ。依頼書の発行もしていないという話なら、ここにやって来ている冒険者達は情報交換が目的といった所だろう。

玉藻前に気付かれることはなさそうだ。

「コチラです」

案内されて、組合二階奥の扉の前へ。

扉をノックしてから、音無さんが扉を押し開ける。

引き連れられる形で俺達も足を踏み入れた。

——支部長室だ。

入ってみてまず感じたのは、独特な香り。不快ではなく、寧ろ気分を落ち着かせてくれるような……良い香りだ。

音無さんは、部屋に入るなり一歩下がり隅の方へと移動する。自分の役目は終わったと言わんばかりに、目を伏せた。

「いらっしゃい、よー来たね」

そんな俺達に声をかけてきたのは――

「私がイナリの支部長、紅葉《もみじ》です。まぁ座りーや」

大きな長椅子に寝そべるようにして座っている、そう名乗る女性だった。

音無さんとよく似た着物を纏《まと》った女性。

朱色の長い髪がダラリと椅子に広がっている。カルディアのコノエ様とは違って……普通に大人の女性だ。そして、やたらとダラけた雰囲気。

促されるまま、椅子に腰を落ち着ける。

「話は聞いてるで。指名依頼やんな？　危険指定レベル18の妖獣、玉藻前の護衛やろ？　ソコにおるな？　隠れんでもええよ」

思わずルエルと顔を見合わせる。

コノエ様から伝わったのか、はたまた姉からなのかは分からないが、今回の依頼について事前に話が伝わっていたようだ。

しかし、言われるままに玉藻前の姿を晒しても良いのだろうか。

「そんな怯えんでもいいやん。確かに玉藻前は危険指定レベル18やけど、敵意の少ない妖獣なんは知ってるし。せやから、組合から討伐依頼は出たことないんやで？」

寝そべったまま、支部長の紅葉様は続ける。

「やし姿を見せてくれな、コッチも依頼書の処理……できひんよ？」

「………」

俺達をここへ呼んだのは、つまりは俺達を気遣ってのことらしい。

たしかに呼ばれなければ、俺達は警戒してこの支部を訪れなかったかも知れない。

その場合は、玉藻前に依頼書に一筆書いてもらってから、再びカルディアの組合で依頼書の処理をしていたことだろう。まぁ、別にそれでも良かったのだが。

幾らか逡巡したが、それならばとルエルと互いに頷きあってから、玉藻前に姿を現してもらうことに。

「玉藻前――」

俺がそう言うのと――

「あ、言い忘れてたわ」

紅葉様が再び口を開いたのはほぼ同時だった。

そして――ドロン。と、青い炎が空中に出現したかと思えば――

「討伐依頼は出さへんけど、護る義務もないし、手の届く距離に無防備な状態でおったら――討伐しようとするかもなぁ」

ダラけたような口調ではあるものの、明確な敵意が込められた言葉が耳に入ってくる。

その敵意が向けられているのは俺ではない。玉藻前だ。

「待て！　玉藻前――」

慌ててそう言った時には既に、玉藻前は姿を現していた。そして妖術を解いた直後だからなのか、あまりにも無防備に見えた。

時間が、ゆっくりと流れるような感覚に襲われる。そんな中、再び聞こえてきた声。

「音無――」

「はい」

冷たい声に応えたのは、部屋の隅に立っていた音無さんで……彼女のその声もまた、冷たい。

――チリン。という音がしたかと思ったら、音無さんは目にも止まらぬ速さで距離を詰めていた。

体を捻り、力いっぱい振るおうとしている腕の先に握られているのは、『刀』と呼ばれる武器。

おそらく、俺達が支部長に意識を向けている隙に収納から取り出したのだろう。

刀の向かう先は玉藻前の首。

普段なら、すぐに青い炎で防いで見せる玉藻前だが、そうもいかないらしい。

姿を現した直後が玉藻前の弱点。ということなのだと、俺も初めて理解した。

この二人は、ソレを知っていた。

――騙されたのか？　俺達は。

そんな思いが頭を過《よぎ》るも、俺に出来ることは――無我夢中で、体を投げ出すことだけだった。

必死に体を動かした。無我夢中で玉藻前の体を掴んで引き寄せ……代わりに自分の体を前へと押し出す。

玉藻前が狙われている。理由は分からない……いや、危険指定種だからと言われれば納得するしかないのかも知れない。

しかし、俺達は姉からの正式な指名依頼を受けて、ここまでやって来た筈。依頼書にはカルディア支部の押印もされているのに、どうしてこんなことになるんだ？

なんて様々な考えが頭の中で入り乱れるも、今の俺に使える武器は自分の体のみだ。

収納から聖剣を取り出したとしても——間に合わない。あまりにも速い音無さんの動きにそう直感して、とにかく体を前へ突き動かすという選択しか取れなかった。

「——ッ！」

ピクリと一瞬、音無さんの眉が動いたように見えたが、振るう刀を止める気はないらしい。

——邪魔をするなら斬る。

音無さんの瞳は、そう訴えかけているような気がした。

しかし——

「だっ……ダメっ!!」

「——ちょっ」

前に出たが、逆に玉藻前に引っ張られてしまう。そして覆い被さるようにして、刀から俺を庇おうと体を預けて来た。

刀で斬られることを覚悟したのか、ギュッと力いっぱい瞼を閉じている玉藻前に、押し倒される。

咄嗟に、俺も手を伸ばすが——

「…………」

「…………」

目の前には、乱れながら垂れ下がった銀色の髪と、玉藻前の綺麗な顔。未だギュッと目を瞑《つぶ》っている。

こうして近くで見ると、凄く睫毛が長い。それに……睫毛も綺麗な銀色なんだな。

いや、そんなことよりも――無事だ。玉藻前の首はちゃんと繋がっている。

――な、何がどうなったんだ？　玉藻前の顔と髪で、周りの状況がよく分からない。

「あらまぁ、ホンマに人間を庇うんやなぁ……危険指定レベル18、玉藻前。斬られることも覚悟の上かいな」

横から聞こえてきたのは紅葉さんの声。

「いやぁごめんなぁ。ちょっと確かめたかっただけやねん。やし、お嬢ちゃんもその剣……しまってくれる？」

相変わらずやる気のなさそうな声だ。

そして――

「まず、ソチラが刀を引くべきだと思いますが？」

ルエルの声も聞こえるな。

首を動かして周囲を確認してみた。

音無さんの振るった刀は、玉藻前にまで届いていない。その少し手前で止められている。

前にもこんな状況があったな――と思うが、俺の時とは違って少しばかり余裕を持って止められているようだ。玉藻前の髪一本も斬られていない。

そして、そんな音無さんに向かって……ルエルが氷で造り出した剣を向けていた。

見たところ、音無さんが刀を止めたのはルエルに剣を向けられたから。という訳ではなさそうだ。

音無さんの速さと刀の位置から察するに、ルエルの剣は間に合っていなかっただろう。

……となると、初めから止めるつもりだった。ということになるが――さっきの音無さんの目は、本気だったように思える。

「失礼しました。危険指定レベル18の妖獣――玉藻前の現状を、どうしても確認する必要がありました。無礼をお詫びします」

スッ――と刀をゆっくりと引いてから一歩下がり、深々と頭を下げた。

「私も謝るわ。お嬢ちゃんが怒るのも無理ないけど、イナリの冒険者組合を預かる身としては、ホンマに玉藻前に危険がないことを確認する必要があったんよ。勘弁な」

「それで、確認は済んだ。ということで良いんですか？」

紅葉さんの言葉に、厳しい口調で答えるルエル。その手には未だに剣が握られている。

「ま、依頼書を処理出来る程度にはな」

やはり『危険指定レベル18』は、並のレベルじゃないということか。

いくら敵意を持たない玉藻前だとしても、簡単に信用することは難しいのだろう。

そう言えば姉も……高森林で玉藻前に刃を突きつけていたな。

それはそうと――

「玉藻前、そろそろ退いてくれ」

さっきから押し倒されたままだ。

そして何故か、俺に覆い被さるような体勢のまま玉藻前は固まっている。だが、ギュッと閉じていた瞳はしっかりと開かれている。今の紅葉さんとの会話は聞こえていた筈だが。

「し、シファよ……」

「どうした？」

恐る恐ると言った感じに口を開く。

なんだ？　少し様子がおかしい。妙に頬が赤いのは、刀を向けられた恐怖心からか？

「お主の手……少し不味い所を掴んでおるのじゃが」

「え――」

そ、そう言えば……妙に柔らかい感触だと思っていた。意識すると、自然と力が入ってしまう。

「――はうっ！」

再び、玉藻前はギュッと目を瞑った。

そして――

「ちょっとシファ……どさくさに紛れて、どこ揉んでんのよ」

「あらぁ、玉藻前もラブコメするんやなぁ」

「…………」

ルエルの冷ややかな視線が突き刺さり、紅葉さんの楽しそうな声が耳に入ってくる。

音無さんは、部屋の隅で相変わらず目を伏せていた。

◇◇◇

「はい。依頼書の処理しといたから、これでこの指名依頼は完了や。ご苦労様」

そしてあっさりと、依頼書は処理された。

相変わらずダラけた雰囲気の紅葉さん。カルディアのコノエ様とはまた違った意味で……考えが読めない人のようだ。

「これで、君らはもう玉藻前を護衛する必要はない訳やけど、このままイナリ山まで送って行くん？」

姉からの指名依頼は、玉藻前を山岳都市イナリまで護衛することだ。イナリ山まで連れていくことまでは含まれていない。

しかし、玉藻前が本当に帰りたいと思っている場所は、イナリ山にあるイナリ社。

「もし君らが望むんやったら、組合の者が引き継いで、玉藻前をイナリ山まで連れていくけど？」

一応、玉藻前には再び姿を消してもらっている。しかし、この会話は聞こえている筈。

俺が呼ばなければ玉藻前は出てこない。どうしたいか訊ねるには、姿を見せてもらう必要がある訳だが――その必要はないか。

玉藻前の答も、俺達の答も決まっている。

「俺達で、玉藻前はイナリ社まで送りますよ」

きっと玉藻前も、俺達が良いと言ってくれるだろう。

「そうか。ほな気いつけてな」

全く驚くこともなく、紅葉さんは軽く肩を竦めて見せた。

――やっぱりな。と言った具合だ。

「はい。依頼書の処理、ありがとうございます」

なんとか終わった。

依頼書の処理をしただけなのに、ドッと疲れた気がする。

寝そべりながら手をヒラヒラと振る紅葉さんに、軽く頭を下げてから、扉の方へと進む。が、部屋の隅に立つ音無さんの前でふと足が止まった。

綺麗な着物姿の音無さん。静かに俯いて佇んでいるが、さっき刀を振るった時のあの目は――本気だった。

もし、玉藻前が俺の体を引き戻さなければ、どうなっていたのか……分からない。

「シファ様……」

静かに、音無さんが口を開いた。

「玉藻前様をイナリ山までお送りするのなら、夜が望ましいと思われます」

「え……」

「現在、イナリには多くの冒険者……そして狩人が立ち入っております。そして、そんな彼等が探索しやすい時間はやはり……日の出ている時間です」

その場で姿勢良く佇み、目を伏せたまま話し出す。何も握られていない両手は、お腹あたりで小さく重ねられている。

「彼等の目的は言うまでもなくイナリ山。我々——冒険者組合は、玉藻前様の討伐依頼を出すことはありませんが……現段階ではまだ、玉藻前様の討伐を禁止することも、御護りすることも出来ませんので、イナリ山へ向かうのなら……夜まで待つのがよろしいかと」

　そしてスッ——と、顔を上げた。

「勿論、お決めになるのは貴方様ですが」

「えっと……一応、参考にはさせてもらいます」

「はい。道中、お気をつけて」

　再び深く下げられた音無さんの頭を見ながら、俺達は今度こそ支部長室を後にした。

◇◇◇

「それでシファ、結局イナリ山にはいつ行くのよ。音無さんはああ言ってたけど……」

　イナリ支部を出た途端、ルエルが問い掛けてきた。

　どうやらルエルは、音無さんと紅葉さんのことが少し気に入らないらしい。というより信用していない。と言った感じだ。

　さっきのことを根に持っているな。

「もしかしたら、また何か試すようなことを考えているのかも知れないわよ？」

試すようなこと……か。

仮に試されていたとしても、玉藻前を無事にイナリ社まで送り届けたいという気持ちは変わらない。

「とは言っても、音無さんの言う通り……夜の方が冒険者も狩人も少ないんだろ？」

「それはそうでしょうけど……」

だったら、無事にイナリ社にまで帰ってもらうためにも、少しでも人の少ない時間帯を狙う方が良いだろう。

玉藻前が言うには、玉藻前がイナリに入ってさえしまえば、社が見つけられる可能性は更に低くなるらしい。

あの時――初めて玉藻前と会った時にやられた妖術。収納魔法陣を見えなくされたのと似た力という話だ。

となれば、今すぐ向かう必要もない。

「シファは、今日初めて会ったあの人のことを信用しているのね。あんなことされたのに」

「悪い人ではないと思うけどな」

かなり機嫌の悪いルエル。どうやら気付いていないようだ。

「音無さん、イナリの下門前で会った時、俺達になんて言ってた？」

「え？　ようこそお越しくださいました――みたいなことを言ってたわ」

「違う違う。もっと後。口調が変わって怖かった時」

「――？」

眉間に皺《しわ》を寄せて首を傾げるルエルの顔が面白い。

「『三人共』。玉藻前のことを含めて、そう言ってた」

少なくとも、玉藻前を俺達と同じように数えてくれていた。

『所詮は魔物』。そう言っていた上級冒険者もいたし、狩人にとっては強力な妖獣で、討伐すれば高価な部位が手に入る存在だ。

「……そ。シファがそう言うのなら、私は構わないわ」

少しだけ考える素振りを見せたが、ルエルは小さく息を吐いてから歩き出した。

今夜。イナリ山に向かおう。

そう決めて、俺達は宿を探すことにした。

#36 組合員《音無》

――バタン。と、支部長室の扉が閉められ、二人の冒険者の気配が遠ざかると、冒険者組合イナリ支部の組合員――音無《おとね》は静かに顔を上げる。

そして、未だダラけた体勢のままの支部長――紅葉《もみじ》へと視線を向けて、ゆっくりと口を開いた。

「紅葉様。御覧になった通り、危険指定レベル18――玉藻前は、人間に対しての敵意は持ち合わせておりません」

「って言われても、『人間に』と言うよりかは……『今の二人には』っていう風に私には見えたけどなぁ」

紅葉は、そう答えながらゆっくりと体を起こして座り直すと、どこからともなく取り出した一枚の用紙をヒラリと机に放り投げた。

音無の視線がその用紙を追いかける。そして――やっぱりか、と思いながら紅葉の言葉を聞いていた。

「まだこの申請書に判を押すことは出来ひんなぁ」

大きく『申請書』と記された用紙。

内容は——

「危険指定レベル18の妖獣、玉藻前の危険指定レベル撤廃。んで更に——友好指定種への登録申請。流石に、はいそうですかって判を押す訳にはいかへんやろ？」

はぁ。と、大きなため息が紅葉の口から漏れる。

「いくら〝絶〟級冒険者からの申請でも、こればっかりは慎重に判断しなアカンやろ？」

「ですが、既にカルディア、そしてグランゼリアの支部長……そして二名の〝超〟級冒険者と……あの〝歌姫〟が、この要請書に判を押しています」

ゆっくりと歩み寄り、机からその用紙を拾い上げる音無。

友好指定種。人間に友好的、または協力的な魔物であると判断された個体のことを言う。

冒険者組合は、友好指定種である魔物や魔獣の討伐を許さず、狩人やその他勢力による討伐行為も、『冒険者組合』という看板によって抑止する。

だが、友好指定種と定められるための条件は、非常に厳しい。

第一に、人間に対して一切の危険がないことが大前提であり、かつ冒険者組合にとって有益な存在でなければならない。ただ人間に対して優しいというだけでは駄目なのだ。

友好指定種としての条件を満たせている。と、一定数の上位冒険者と、組合支部長が判断して初めて、友好指定種に定められる。

危険指定種と違い、数は極端に少ない……が、実際に例はある。

音無は、改めてその手に持った『申請書』に視線を落とす。

〝絶〟級冒険者の押印までである。そして、二名の支部長の同意すら、既に得られている。となると、友好指定種としての条件を満たすために必要なのは――あと一人の支部長の同意だ。

この申請書がイナリ支部に届けられ、そう時を待たずして玉藻前がやって来た。

驚く程の手際の良さに感服してしまう。

――実際に見て、最後はイナリ支部《お前たち》が決めろ。

まるで、そう言われているような気がした――

申請者の欄にしっかりと名前が記されている、ローゼ・アライオンに。

「後は私が判を押せば、この申請は問題なく通る訳やけど」

イナリの支部長である紅葉の押印は必須である。と、申請書の備考欄に明記されている。

理由は明白。玉藻前の生息地が山岳都市イナリだからに他ならない。

今回の玉藻前に限って言えば、どれだけの支部長と冒険者がコレに同意したとしても、イナリの支部長である紅葉が判を押さなければこの話は通らない。

危険指定レベル18の玉藻前を危険指定種から友好指定種への登録。

簡単に決められる話ではない。と、紅葉は頭を悩ませているようだ。申請者が〝絶〟級冒険者とあれば、一方的に突っぱねる訳にいかないのも、頭を悩ます理由の一つになっているのだろう。

「鳳凰が出現した時も……街の住民の避難が間に合ったのは、イナリ山で玉藻前が鳳凰を食い止めていてくれたお陰です」

スッと、音無は申請書を差し出した。

いい加減認めて、判を押して下さい。そんな意思を込めて。

「それは結果的にそうなっただけや。玉藻前が護りたかったんは『イナリ』で、住民じゃない」

おそらく、紅葉の言っていることは正しい。と音無も思う。

今でこそ玉藻前は、人間《シファ》のことを体を張って護って見せたが、当時の玉藻前が人間を護ろうとしていたのかは音無にも分からない。分かることと言えば、鳳凰のイナリへの侵入に玉藻前は激しく抵抗したということ。

だが逆に言えば、玉藻前はイナリを離れている間に変わったとも言える。

もともと敵意の少ない妖獣ではあったが、更に人間に友好的になって帰って来た――と。

その事実は、紅葉自身も認めている。

「音無……今日から暫く、玉藻前のことを監視してくれる？　玉藻前が人間に対してどんな行動を起こすのか、その全てを私に報告すること。その上で判断させてもらうわ」

充分理解しているからこそ、支部長である紅葉は慎重な判断を下す。

「分かりました。イナリには現在、多くの狩人も入り込んでおります。組合が『要注意狩人』と定めている二人の目撃情報もありますが、ソチラへの対処はどう致しましょう」

「任せる。狩人に対しては……冒険者に不利益が出そうになった時、アンタの判断で動いて良いよ」

「承知しました。では早速、玉藻前の監視を始めさせてもらいます」

音無は深く頭を下げてから、支部長室を後にした。

◇◇◇

――チリン――チリン。と、音無が歩くたびに腰につけた鈴が鳴る。

玉藻前の気配を辿るのは容易ではないが、一緒にいた二人の気配なら、どうにか見つけることが出来る。

イナリ山という二人の目的地が分かっていることもあり、追いつくことは難しくなさそう――なのだが。

「あ、音無さんやないかい!?　ちょっと！」

大通りを歩いていると、すぐに呼び止められてしまった。

「これは惣菜店の奥様。何かご用ですか？」

大通りに面した小さな惣菜店からの声を聞いて、足を止めた。そしてゆっくりと、丁寧な所作で歩み寄る。

「ご用も何もあるかいな！　この街がまた、こうして外の人で賑やかになったんやから！」

そう言いながら、店主は大通りへと視線を向ける。

立ち入り制限が解除され、冒険者や狩人以外にも多くの人がイナリへとやって来ている。そんな人々が行き交う光景が、堪らなく嬉しい。と言った具合だ。

「それもこれも、街の復興に尽くしてくれた音無さんや騎士さんのおかげ。特に音無さんには色々と助けられたんやから、何回お礼しても足りひんやんか！」

ごそごそと、店主は何かを取り出した。

「コレ、音無さんの大好きなイナリ寿司！　持っていき！」

「まぁ、いつもありがとうございます。遠慮なく貰っていきます」

店主から好物を受け取り、綺麗にお辞儀してから、また歩き出す。

イナリが解放された今日は、どの店も繁盛しているようで大通りは活気が溢れている。

かつてのイナリの光景に、音無の表情は自然と緩む。足取りも軽くなると言うものだ。

しかし――

「あ！　音無おねーちゃんや！　ちょっと待ってー！」

「――？」

背後からした無邪気な声にまた、音無の足が止まった。

振り返ると、大きく手を振りながら駆けてくる小さな影が見える。

「こら、そんなに走ったら危ないですよ？」

そう叱りつけるも、速度を落とす気配はない。それどころか、更に足の動きが速くなった気さえする。

ぱぁっと表情を明るくしたところを見ると、寧ろ叱って欲しいと思っていそうだ。

「大丈夫や！　怪我したらまた、音無おねーちゃんが助けてくれるんやろ？」

「何度も怪我をするお馬鹿な子は助けませんよ？」

「えー！」

「冗談です。でも怪我をしたら痛いですから、大通りを走ってはいけません。いいですね？」

――ポンっと、その小さな頭に優しく触れると。子供の頬は少しだけ赤くなった。照れているらしい。

――ふふふ。と、子供の可愛らしい様子に心の中で微笑んでしまう。

「う、うん！　じ、じゃあ……」

どうやら、子供は音無と話すのが目的だったらしく、すぐに引き返して行った。

しかし時たま立ち止まってはチラリと振り返ってくるため、その姿が見えなくなるまで、音無は小さく手を振り続ける。

そして再び歩き出した音無は思う。

――間違いなく、かつてのイナリの日常だ。

賑やかで、穏やかな街の風景を見て、そう確信した。

一時は危険指定区域にまでなってしまった。だと言うのに、こんなにも早くいつものイナリが帰ってくるなんて、誰が想像出来ただろうか。

冒険者組合と王国騎士団が協力し合い、街を復興させた。

だが、それだけ早く復興作業を始められたのは――鳳凰を見事に討伐した三人の冒険者のおかげであり、住民が誰一人欠けずに街から避難出来たのは――

――迫り来る聖火をイナリ山で食い止めていた蒼い炎。玉藻前の抵抗があったからこそだ。

理由はどうであれ、今のこの風景があるのは玉藻前のおかげ。音無は、ずっと玉藻前に恩返しがしたいと考えていたが、鳳凰に敗れてすぐ、玉藻前は姿を消した。

そしてまさか、カルディア高森林で玉藻前を護ったのが『戦乙女』の弟だとは――可笑しな話だった。

友好指定種登録を紅葉に決心させるために提案した組合での奇襲だったが、それでもまだ紅葉は首を縦に振らない。

それを思い出すと実は、少しだけ心が沈む。

「はぁ……シファくんも玉藻前を護ってくれる良い人やって言うのに。いきなり斬りかかって嫌われてしもたかな……」

組合での自分の行動を思い出してみて、ついつい独り言が零れてしまう。

気が付けば大通りを暫く進んでいたようで、酒場や宿屋が多く建ち並ぶイナリ山近くまでやって来ていた。

そして、すぐ目の前に誰かが立っていることに、ようやく気付く。

「あれ？　音無さんじゃないですか？　何してるんですか？」

「――ッ!?　え、シファく、なんでこんなとこに!?」

正に偶然。バッタリと、シファ達と出会していた。

「いや、イナリ山に入るのは夜が良いって言ったの音無さんですよね？　とりあえず宿を探していたところですけど。ってか、俺の名前……」

シファの隣に立つもう一人の冒険者――ルエルの冷たい視線が、嫌と言う程に突き刺さってくる。

確実に、こちらの女性には嫌われていた。

「あ、いや――コホン。……これはシファ様、偶然ですね。私は少々……組合の仕事、と言ったところです」

なんとか取り繕うも、突然の出来事に頭が回らない。一先《ひとま》ずは、玉藻前のことを良く思ってくれているシファからは嫌われているようには感じない。

音無は内心、ホッと胸を撫で下ろす。

「そ、そうです！　宿ならもう少し進んだ所にある『風鈴亭』という宿がおすすめですよ？　『蓮華亭』も良いですが、私はソチラが良いと思います。では、私はこれで」

いつにも増して、丁寧に腰を折る。

そしてまた、歩きだした。

「――――ッ」

もしかしたら、恥ずかしい所を見られてしまっていたかも。そんなことを考えると、動かす足は速くなった。

そのまま音無は『風鈴亭』へと向かったのだった。

◇◇◇

山岳都市《イナリ》が、傾いた日に照らされ始めていた。

日の光が届かなくなり、イナリ山の雰囲気は激変する。

山の主である玉藻前が不在にしているせいか、魔物や魔獣の気配は少ない。とは言え、夜の山や森特有の不気味とも感じ取れる空気に、冒険者や狩人はイナリ山の探索を一旦切り上げる。

広く巨大な山。初めから、一日で探索出来る場所ではないことくらい、イナリ山を探索に訪れた冒険者や狩人は分かりきっていた。いや、この巨大な山を一目見れば、誰もが容易にそう判断するだろう。

「兄さん、イナリ社って本当にあるんです……よね？」

「…………」

妹のフィリスは兄に問いかける。日の陰になりつつある、さっきまで歩き回っていたイナリ山を背中越しに眺めながら。

それらしい存在の影も形も見つからなかった。気配すらもなければ、とても危険指定レベル18の妖獣が住んでいた場所とは思えない――ただの巨大な山にしか見えなかった。

まだまだ山の探索を始めたばかり。イナリ山を充分調べたなどと言えた物でもない。

しかし、イナリ社が存在するのなら、見つけられなくとも〝何か〟は感じ取れると思っていた。にもかかわらず、今日一日探索したのは正真正銘、ただの大きな山だった。

――予想していた所と違う。それがフィリスの率直な感想だ。

「確実にある筈だ。実際に目撃情報もあるし、なによりイナリ社と妖獣は有名だ」

「目撃情報……ですか？」

大通りを歩きながら、フィリスは再び背後に聳《そび》える山を振り返った。

「あぁ。何が切っ掛けかは知らんが、イナリ山を探索していたら……目の前の景色が突然変わっちまうって話だ」

「景色……ですか？」

「ある狩人の話だよ。イナリ社を探して、山をひたすら荒らし回ったらしい。で、夜の山で突然景色が変わったかと思うと……目の前にいたんだとよ……」

「な、何がいたんですか？」

暗くなりつつある通りで、兄はゆっくりと話す。

そんな兄の脅かすような雰囲気に、後ろを歩いていたフィリスは少しの悪寒に襲われた。

自然と動かす足が速くなり、兄の横に並ぶ。

そして――ゴクリと喉を鳴らし、兄の言葉の続きを待った。

「おびただしい数の死霊系統の魔物。そしてソイツらを従えてる妖獣――玉藻前だよ」

「――ッ！」

『おびただしい数の死霊』それを聞いて、フィリスは露骨に嫌な顔を浮かべた。

一体や二体ならまだしも、おびただしい数とは……あまり想像したい物ではなかった。

「そ、それで……その人はどうなったんですか？」

「なんとか、無事だったらしいぜ」

ホッ――と小さな胸を撫で下ろす。

「必死に命乞いしたんだとよ。武器を捨て、土下座して、必死に懇願したってな。すると、目の前の景色はまた……突然変わっていたらしい。ただの山の景色によ」

昔の話だ、と付け加える兄。

今となっては、立ち入りの制限まではされていないものの、イナリ山を過度に荒らす行為は冒険者組合によって禁止されている。

冒険者組合の規則に縛られない狩人である彼等は、それに従う義務はない。とは言え、冒険者組合を敵に回すことは避けるべきである。それが、彼等だけではなく一部を除く全ての狩人の共通認識だ。

「とにかく、山の探索はまた明日だ。今日はこのまま情報収集だな」

「はい、兄さんっ」

二人は、大通りに数多く存在する宿酒場。その一つである『蓮華亭』へと足を向けた。

◇◇◇

酒場である蓮華亭の一階は、多くの冒険者と狩人で賑わっていた。

いつも通り目立たぬ席に座り、雑音にも似た会話から可能な限り話を盗み聴く二人だが、聞こえてくる会話にはこれと言って興味を引く物は存在しなかった。

どうやら、皆も自分たちと似たような結果だったらしい。

イナリ山を探索していた冒険者と狩人は皆、「イナリ社の影も形も見つからなかった」と、表現の仕方は違えど、そんなことを話している。

「兄さん、これってもしかして……」

多くの冒険者と狩人がイナリ社を探した結果……誰も発見することが出来なかった。その状況に、フィリスは一つの可能性に思い至る。

「あぁ。玉藻前……もしかしたら、戻って来てるのかも知れねーな」

問い掛けた先の兄が、軽く頷いて見せた。

昨日から念入りに冒険者達の会話も盗み聴いてはいるが、玉藻前が戻って来ているという情報はなかった。

しかし、これだけ集まった狩人や冒険者達の誰一人としてイナリ社を見つけた者はいない。その気配すらも察知出来ていないのは、強力な妖術が働いているとしか考えられない。

つまりは、このイナリに……危険指定レベル18の妖獣――玉藻前が帰って来ているということではないだろうか。

充分に考えられる可能性だった。

「兄さん、どうしますか？　明日も山の探索は行うのですか？」

「勿論だ。まだ玉藻前が戻ってきたと確定した訳じゃねーしな。もし他の狩人に先を越されたら、ここまで来た意味がねーしな」

「……分かりました」

イナリ社の宝。

危険な妖獣が守護する社に隠された宝がいったいどれ程の物なのか、多くの冒険者や狩人が興味を持っている。

特に狩人である彼等にとっては、『宝』と呼ばれる物なら是が非でも手に入れたいのだ。

「よし、じゃぁ今日はさっさと宿に戻って休むとするか。情報収集はここまでだな！」

ひとまず、ここでこれ以上得られる情報はないだろうと、兄が立ち上がる。

フィリスも、賛成と言わんばかりに続いて立ち上がるが——

「おや？　おやおや？　これはガレスにフィリスちゃんじゃないかい？」

二人の名を呼ぶ声に、動かそうとした足は止まる。

「……チッ」

近付いてくる女性の顔を確認して、兄のガレスが嫌悪感を露《あらわ》にする。舌打ちは、女性にまで聞こえているだろう。

「ちょっと、そんな露骨に嫌がらないでよぉ。同じ狩人同士でしょ？」

そんな兄の拒絶だったが、女性には一切の効果もない。短めに切り揃えられた茶髪を指先で弄《もてあそ》びながら、二人の下へと歩み寄ってきた。

「ハッ！　冒険者組合から『要注意指定』されてるお前らと一緒にすんじゃねーよ」

「ええ!?　酷い！　それでも同じ狩人でしょ？　仲良くしようよぉ」

可愛らしい顔を表情豊かに変化させる女性。

感情豊かな表情ではあるが、どこかわざとらしい印象がある。その表情程に、彼女の真意は読み取れない。

「勘弁してくれよ。誰が好きで、冒険者組合に喧嘩売るような奴等と仲良くするかよ。さっさと失せろ」

「まぁまぁ、そう言わないでよぉ。ねぇ？　フィリスちゃん？」

「――え？　えっと」

突然振られてしまい、フィリスは視線で兄に助けを求める。

「チッ。で？　なんだよ？　お前らのギルドに入れってんなら、答はノーだ！　分かったならとっとと帰れ」

「違う違う！　私達のギルドにも入って欲しいけど、今回はそういうのじゃないから」

大袈裟に両手を振りながら、女性は更に言葉を続ける。

「ここにいるってことは、君達二人の目的もやっぱり……イナリ社なんでしょ？」

「だったらどうだってんだ？」

兄の言葉に、女性は軽く笑う。――やっぱりね。と言った具合に。

「まぁ私もなんだけどぉ――情報は共有しておいた方がお互いのためだと思ってさぁ。もしかしたら……玉藻前、戻って来てるかも知れないでしょ？」

兄とフィリスは互いに顔を見合わせる。

今日一日イナリ山を探索して、更に周囲の状況にも気を配っている者なら、その可能性を考えるだろう。

彼女も、自分たちと同じように情報を収集しているということだ。

「たしかに情報共有は大切だが、俺達はお前らと馴れ合うつもりはねぇ。それに、俺達はお前に渡せるような情報を持ってねーよ」

「そうなの？　じゃぁ私が持ってるとびっきりの情報、先に渡してあげようか？　勿論、だから私達のギルドに入れって訳でもないし、一緒にイナリ山を探索しようって訳でもないよ？　あくまで情報の共有だけだよ」

「…………」

兄とフィリスはまた、顔を見合わせる。

――明らかに怪しい。

こちらは渡せる情報を持っていないと言っているにもかかわらず、一方的に何らかの情報を渡すと言っている。

もともと信頼などしていないが、更に怪しさが増してしまう。

しかし――

「聞くだけなら、聞いてもいいいんじゃないですか？」

「ま、そりゃそーだな」

いくら怪しいと言っても、聞くだけなら無料《ただ》である。

どんな情報かは分からないが、その情報を信じるか信じないかを決めるのも、結局は自分たちだ。

ならば、ここで彼女からの提案を断る理由などなかった。

「やった！　決まりだね。ちょっとちょっと」

そんな二人の返答を聞いて、チョイチョイと二人に顔をコチラに寄せるように合図してくる。

そして女性は、蓮華亭の酒場にいる冒険者や狩人達に視線を向けながら、小さめに話し出した。

「ねぇ、君達二人は最近、〝超〟級冒険者を見た？」

そんなことを話す。

フィリスは首を傾げる。ここ数日の記憶を探る。

――そう言えば見ていない。

「思い出してよ。〝超〟級冒険者どころか〝上〟級冒険者も、あまり多くは見かけていないんじゃない？」

思い返して見れば、その通りだった。

〝超〟級冒険者は数があまり多くはない。とは言え、この山岳都市イナリのこの日に一人も見ていないというのは少しおかしな話だ。

そして〝上〟級冒険者。見ていない訳ではないが、数が明らかに少ない。

イナリ山の探索と、それに関係することばかりに意識を向けていたせいで、上位の冒険者の少なさに二人は疑問を感じなかった。

「どういうことだ？」

兄のガレスは、真剣な表情となる。

「大きな依頼任務が動き出してるって話だよ。その任務に、〝絶〟級冒険者は勿論、〝超〟級冒険者と実力のある〝上〟級冒険者まで集められてるって話」

「…………」

「つまり今、このイナリには上位の冒険者は存在しないんだよ。多少は無茶したって、〝超〟級や〝絶〟級の冒険者に狙われることはない。君達なら、〝上〟級くらいの冒険者なら相手にしたって何の問題もないでしょ？」

ニヤリと笑って話す。

まるで、イナリ山で暴れても問題ない。と言われているようだった。

「ハッ、馬鹿が。それじゃ冒険者組合を敵に回すことになるだろーが。どっかのイカれた狩人ギルドの馬鹿共みたいによ」

「あらら、残念。でも、知っておいて損はない情報だったでしょ？」

「知ったところで何にも変わらねーよ。ま、一応礼は言っとくぜ」

あからさまに肩を竦めて、兄は歩きだす。

フィリスは女性に軽く頭を下げてから、兄の後を追った。

「じゃーね、フィリスちゃんっ」

そんな女性の声を背中に聞きながら、フィリスは蓮華亭を後にしたのだった。

「すっかり遅くなっちまったな」

蓮華亭を出てみれば、外はすっかり暗くなっていた。

あまり長居したつもりはなかったが、思っていたよりも時間は経過していたらしい。

「少し冷えますね……」

夜のイナリは少し肌寒い。

フィリスは、白く細い二の腕を擦りながら少しだけ体を震わせる。

「ま、一応収穫はあったな」

「冒険者の話ですか？」

「あぁ。もし本当なら、かなり動きやすい状況だろ。〝初〟級や〝中〟級の冒険者なんて屁みたいなもんだしな。実力のある〝上〟級冒険者もいないって話なら……万が一にも冒険者に邪魔されることはねーな」

「確かに……そうですね」

兄の意見に、フィリスも同意である。

自分達の実力なら、下手な〝上〟級冒険者よりかは上だ。

今では〝超〟級に昇格したと言われている、あの『音剣』のような〝上〟級冒険者には勝てるかどうかは分からないが……さっきの話が本当なら、それほどの実力者はこのイナリには現在、存在していないということだ。

「下位の冒険者しかいねーなら、奴の言う通り……多少は無茶しても上手く立ち回りさえすれば、俺達が組合に目を付けられることも避けられるかも知れねーな」

「そうですね。バレなきゃ良いだけの話ですから」

上位の冒険者がいたのなら、荒事は避けるべきだろう。

どれだけ上手く立ち回り、冒険者達に顔を見られないように努めたところで、それを上回る実力で捕捉される可能性がある。〝超〟級冒険者とは……それほどまでの実力者であり、熟練者だ。

〝絶〟級冒険者は――話に聞くだけで恐ろしい、考えるだけ無駄である。彼等の実力を正確に測れる者も、そう多くはないだろう。

「とは言え、それは最終手段だ。冒険者組合はデケェ組織だからな」

「はい、勿論です。いつも通り上手くやりましょう」

二人は、確保してある宿へと向かって大通りを歩き出した。

◇◇◇

イナリ山へと通じる大通りの奥、山の麓とも言える場所。夜も深くなりつつある時間に出歩く者の姿はまばらである。ましてや、敢えて暗い時間にイナリ山へと立ち入る者など存在しないだろう。

そんな理由も相まって、大通りから抜け出るようにして脇道へと逸れる二つの人影にガレスとフイリスは気付く。

「あれは……」

視界の端に捉えただけだが、影が消えていった道がイナリ山へと続く小道であること。そしてその影が見覚えのある物だったことが、二人の興味を引いた。

「あの道も、たしかイナリへと続いてましたよね……それにあの人たちって」

「あぁ。こないだの〝初〟級冒険者だな」

あの二人もイナリを目指していたと言っていた。ならば、この街で彼等の姿を目にするのは何らおかしなことはない。単なる偶然だろう。

だが、少し気になることがあった。

「もうイナリに着いてたのか……」

彼等と遭遇した場所は東陸街道。騎士団による警備もなく、危険指定種が多く出現する街道だ。冒険者といえども〝初〟級冒険者である彼等では、それなりに苦労する道のりである筈。

〝初〟級冒険者にしては、イナリへ到達するのが早すぎるようにガレスは思った。

「…………」

「――？　どうしたのですか？　兄さん」

〝初〟級冒険者でありながら、並外れた実力を秘めている可能性に思い至る。

――勿論、魔物や魔獣との戦闘を避けて東陸街道を駆け抜けたとも考えられるが、そうとも思えなかった。

そんな二人がこんな時間に、恐らくはイナリ山へと向かっている。それも正面からではなく、あまり利用されることのない裏道を利用して。

「フィリス！　今の二人を追うぞ、気付かれないようにな」

「――っ！　はい！」

もしかしたら思わぬ収穫があるかも知れない。ガレスの勘が、そう訴えかけていた。

気配を殺しながら、二人の消えていった脇道を覗き込んだ。

グルリと、イナリ山を迂回する形で延びる小道である。イナリ山に出ることは可能だが、出たとしても獣道である。イナリ山へ向かうために強いて利用する者はいない。

料亭や宿屋の関係者が、材料の仕入れ等で近道のために利用するくらいだ。

脇道ではあるがそれなりの道幅はある。

遠目に、先程の二人が足早にイナリ山の方へと向かっていくのを確認出来た。一切の迷いなく、
道を進んで行く後ろ姿だ。

まるで、このイナリの街を熟知し、夜のイナリ山を全く恐れていないように見える。

「こりゃビンゴか？」

ついつい頬が緩むガレス。

冒険者と事を構えるのは避けたいが、上手く立ち回りさえすれば……美味しい所だけを奪うことは可能だ。

「行くぞフィリス。あの二人、やっぱりただの〝初〟級冒険者じゃねーかも知れねえ。少なくとも、イナリについてはかなり詳しいように見えるぜ」

「はい。私にもそう見えました」

二人の後を追うべく、足を前に運ぶが――

――チリン。

誰もいない夜道に、涼しげな音が響いた。

ガレスとフィリスの足は、自然とその場で動きを止めた。いや、止められたと表現する方が正しい。

「誰だ？　アンタ」

今まさに進もうとしていた先に現れた、怪しげな人影を睨みつけた。

――チリン。

一歩二歩と、怪しげな人影が前に進む度に、涼しげな音が鳴る。

やがて、僅かな明かりに照らされて女性が姿を現した。

「こんばんは。私、冒険者組合イナリ支部の組合員をさせてもらっております。音無と申します」

両手を前に組み、上品な仕草で一礼して見せる。夜の僅かな光と相まって、その着物姿がとても幻想的に映ってしまう。

「組合員？　冒険者組合の？　悪いが俺たちは冒険者じゃねぇ。邪魔だ、退け」

狩人である彼等にとって、冒険者組合の組合員など全くもって関わりがない。

そんな組合員がどうしてこの場に現れたのかは疑問だが、今はそれどころではない。二人を見失う訳にはいかない。

無視だと言わんばかりに、再び足を動かした。

しかし――

「現在の時間、イナリ山とその周囲一部の立ち入りを制限させてもらっております。申し訳ありませんが、冒険者ではない方をこの先に通す訳には参りません。時間を改めて下さい」

音無と名乗った組合員が、ガレス達の行く手を遮るようにして前に出る。

「はぁ？」

ガレスは、露骨に顔を歪めた。

「お引き取り下さい」

さも当然かのような態度で、その場から動こうとしない。

「立ち入り制限だと？　危険指定区域でもないのにか？」

「はい」

聞いたことのない話だった。

危険指定区域なら、冒険者組合によって一部の冒険者以外の立ち入りが制限されているだろう。それは、この国での冒険者組合の権利でもある。しかし現在、イナリ山は危険指定区域に分別されていない。そのイナリ山を、時間指定で立ち入り制限するなど思ってもみないことだ。

「はっ！　んなこと聞いたことがねぇよ！　秘境への立ち入りを制限出来るのは危険指定区域になった時か、〝絶〟級冒険者の絶級特権だけだろーが！」

どう考えてもデタラメ。ハッタリとしか思えない。

ガレスは、付き合いきれないとばかりに足を前に出すが——

——チリン。

「聞いたことがなくても事実です」

音無は、いつの間にか取り出した長刀を腰に構え、腰を落としていた。

「嘘か本当か、冒険者でもない貴方がたに知る術があるのでしょうか？」

殺気を存分に含んだ声。まるで、この道を通ろうとするなら容赦はしない。そう言われているようだった。

「通りたければ通っても構いません。ですが私は、冒険者組合の権限によって実力を行使させてもらいます」

「——ッ！　てめぇ！」

「兄さん……」

苛立ちながらも、音無が塞ぐ道を観察してみる。

腰を落とし、長刀を構えている姿は見事な物で一切の隙がない。しかし自分たちなら、振るわれた長刀を躱《かわ》して一気に走り去ることも可能に思える。

「…………」

——どうするか。

音無と名乗る組合員の今の話が本当か嘘か、つまりはそれだけの問題だ。

嘘なら何も問題はない。自分達には何の非もありはしない。たとえゆっくりと前に進んだとしても、彼女が実際に攻撃してくることはないのだろう。

更には何故嘘をついてまで自分達を進ませまいとするのか、まるで……先の二人の冒険者を庇っているように思えて仕方がない。

しかし本当だとしたら、ソコに大きな理由はなく……彼女は迷わず長刀を振るい自分達を襲ってくる。仮にその攻撃を躱し逃げおおせたとしても、冒険者組合を敵に回してしまうことになる。組合から目を付けられ、晴れて「要注意狩人」なるものに指定される可能性すらありそうだった。

冒険者ではなく狩人の自分達が訊ねたとしても、答えてくれる訳がない。彼女の言う通り、本当に確認する術などありはしない。

「チッ」

ガレスは足を前に出す代わりに、あからさまな悪態をついて見せる。

「ムカつく女だな。帰るぞフィリス」

「え、良いのですか？」

「あぁ。どっちにしても、もうあの二人を見失っちまったしな……冒険者組合と揉めるのも御免だ」

「……分かりました」

二人は、来た道を引き返すことを選んだ。

最後にもう一度振り返り、音無に視線を向ける。

「御協力、感謝します」

音無は、再び優雅に一礼している所だった。その手にはもう何も握られていない。

何も言葉を返すことなく、二人は歩き出していた。

「兄さん、今の方の言葉を信じるのですか？」

「んな訳ねぇよ。まぁ嘘だろ、さっきの女の言葉は」

「だったらどうして……」

「まぁ、万が一あの女の言葉が本当だとしたら厄介なことになるからな。あの二人を見失っちまった以上、もうアソコを通る理由もねぇよ」

大通りへと戻ってきた二人は、自分達の宿屋を目指して歩く。

夜も深まった時間。出歩く人の姿はほとんどない。

「それに、やっぱりあの二人は何かあるぜ。冒険者組合がわざわざ庇う程なんだからな」

その事実だけでも確認出来たことが、何よりの収穫とも言えた。

「この情報は、同じ狩人同士で共有しねぇとな」

良い情報を手に入れたと、ガレスは笑って見せた。

◇◇◇

「はぁ――」

夜道で一人、音無は大きなため息を吐いた。

「疲れた……」

狩人の二人が大通りの方へと消えていくのを確認すると、途端に力が抜けてしまった。

後ろを振り向けば、イナリ裏側へと続く道が奥まで延びているのが見えるが、夜闇のせいでどうなっているのかは分からない。ただ一つ言えるのは、玉藻前を連れたシファ達が通ったということ。

（ホンマあぶなかったわ）

偶然だった。

玉藻前を監視するためにシファ達の後を尾行していたら、狩人らしき二人もシファ達の後をつけていることに気が付いた。

シファ達の行く先はイナリ社で間違いない。いったいどうして、狩人がシファ達の後をつけているのかは分からないが、理由はどうあれ好ましくない状況であることは明白だった。

「嘘も、バレへんかったら嘘ちゃうしね」

狩人を追い払うためについた嘘。あまり嘘はつきたくない音無だが、シファと玉藻前のためについた嘘は別だった。

そして音無は――――クルリと体を翻し、イナリ山へと進んで行く。

＃37　イナリの冒険者

山岳都市イナリは大きな街だ。俺のよく知るカルディアよりも一回りは大きいように思える。イナリ山を囲むように扇状に栄えている街は、背後のイナリ山の巨大さもあってか物凄い存在感を放っている。

俺たちは、冒険者組合イナリ支部を出た後……宿屋を探しているところにバッタリと出会した音無さんに薦められた『風鈴亭』という宿を確保した。

そして夜になるのを待ってから、俺たちはイナリ山へと向かった訳だが……。

「え、嘘……ここ通るのか？」

「仕方あるまい、この道が一番近道なのじゃ。魔物が蔓延《はびこ》る険しい山道をこの暗い中で登るよりかはマシじゃ」

大通りから脇道へと入ったかと思えば、ぐるぐると歩かされ……そして目の前にはとても歩けそうには見えない獣道。

「……ルエル、大丈夫か？」

まぁ、俺は昔……姉との特訓で色んな所を連れ回された経験がある。中にはもっと酷い道もあったりしたから平気だが、ルエルは少し心配だな。

「勿論平気よ。いちいちそんなことを気にしていたら冒険者なんて務まらないでしょ。それに玉藻前が選んだ道なら間違いないだろうし」

「ま、そりゃそーだよな。じゃ行くか」

「うむ。ついてくるのじゃ」

しっかりと姿を現した玉藻前がズイッと奥へと進んで行く。

◇◇◇

夜の暗闇のせいもあり、山の中は薄気味悪い。勿論人気などなく、あるのは魔物の気配だ。以前のカルディア高森林で見かけた死霊系統の魔物が徘徊しているのが見える……が、どうやら襲ってくる気配はない。

玉藻前はと言うと、一切の迷いなく道なき山道を進んで行く。時に右へと進路を変更したかと思えば、左へと進んで行ったりする。

ぐるぐると意味もなく山道を歩いているように思ったりもしたが、玉藻前の様子から察するに何か意味があるようだ。

俺達は、前を歩く玉藻前についていくだけだ。

そして暫くして――

「この道を行く」

生い茂る草木をかき分けて一歩踏み出すと、見たこともない景色が広がっていた。

「なんだ……コレ」

「すごい……」

さっきまでの山道とは一変して、整った山道が延びていた。

しかし、決してただの山道とは違うことが分かる。

「『千本鳥居坂』と言う」

山道に連なる形で、朱色の構造物が数え切れない程に建ち並んでいた。

月明かりに照らされた朱色の構造物がとても幻想的で言葉が出てこない。まるで違う世界にやって来たような錯覚に陥ってしまいそうだ。

「我が中から呼び込む以外では、イナリ社への道はココしかないのじゃよ」

そしてどうやら、この坂道へとやって来るにも決められた道順があるらしい。さっきまでの玉藻前の訳の分からない動きが、その道順だったのだろう。

なるほど……これは簡単には見つけられない訳だ。

「では、行くとしよう」

千本鳥居坂に足を踏み入れる。

この朱色の構造物、『鳥居』と呼ばれる物らしい。無数に建ち並ぶ鳥居の中を歩くと、いよいよ異世界にやって来たような気分だ。僅かな隙間から差し込む月の明かりが、余計に異世界感を際立たせている。

そしてまた……鳥居の中を歩く玉藻前の後ろ姿が神秘的なのなんの。

カルディア高森林で月光を浴びていた玉藻前の姿にも、そう言えば目を奪われていたことを思い出す。どうやら彼女には月明かりが良く似合うらしい。あの細くて綺麗な絹糸のような髪のせいだろうか。

「玉藻前。この坂道からじゃないと、イナリ社へはたどり着けないと言うことなの？」

「うむ。幻術を利用した結界のような物じゃ。この道からでなければイナリ社へはたどり着けぬようになっておる」

その結界というのも全て玉藻前の力によるものだというから、目の前の神秘的な女性が危険指定レベル18の妖獣なのだと改めて実感してしまう。

周りには俺達以外に人の気配はない。玉藻前は多くの尻尾をふりふりさせながら坂道を上がっていく。この場所に帰って来られたのがよほど嬉しかったんだろう。彼女の尻尾を見ていたら、それが充分に伝わってくる。

「綺麗……」

坂道を上がること暫く、ルエルの呟きにつられて視線を横に移す。

「おお……すげぇ」

どうやら、今の俺達の場所はイナリ山のかなり高い位置にあたるようだ。

遠くに、夜のイナリの街の景色を見ることが出来る。

カルディアも大きな街だったけど、イナリも負けじと大きい。この景色を見ることが出来たのも冒険者になったおかげ。そして、これからももっと色々な物が見られると思うと楽しみで仕方がない。

冒険者になって良かったと、つくづく思った。

◇◇◇

坂道を上がり切ると、広い空間に出た。

敷石により整えられた広場。その奥に聳える一つの建物が俺達の視線を引き付ける。

「うむ。やはりイナリ社は無事のようじゃ。鳳凰の聖火は、我の結界を越えてイナリ社を焼くことは出来なかったようじゃな」

改めて、ホッと玉藻前が胸を撫で下ろす。

「我が家なのじゃよ！」

上品な朱色を基調とした立派な建物。

一人で住むには少しばかり広すぎる気もしないでもない。

玉藻前に連れられて、イナリ社の中へと入ることにした。

どうやら木造らしく、僅かに木の香りを鼻に感じることが出来る。

社の中は意外にも生活感のある空間になっていて、本当に玉藻前はここに住んでいたことが分かる。

　一室へと案内された俺達は、そこで玉藻前と対面する形で柔らかな質感の物の上に腰を下ろす。冒険者組合のソファとはまた違った座り心地、座布団という物らしい。

「此の度は、我のイナリ社への護衛……誠に感謝する」

　深々と頭を下げる玉藻前。

　サラサラと、綺麗な髪が床へ垂れる。

「気にしないでくれ。冒険者としての依頼だからな」

「ま、そうよね」

　そう。これは姉からの俺達への指名依頼だ。言うならば冒険者としての仕事なのだ。

「うむ。では依頼達成の報酬を支払わなければならぬな」

　本来なら、依頼報酬は組合を経由して依頼人から支払われるのだが、今回の依頼に限っては玉藻前が代理となって直接支払われることになっている。そういった依頼毎の特例については、時々の依頼書の備考欄に明記される。

　今回の場合は、双方の話し合いの下、納得する形で玉藻前が報酬を支払う。などといったなんとも曖昧な文言が書かれていた。

「いやまぁ、今更玉藻前からお金を貰うのもなんか変な気分だしなぁ……別に良いけど。なぁ？」

　確かに依頼という形で玉藻前をここまで連れて来たが、正直に言えば、一言頼まれれば護衛でも何でもしてやった。と言うか、イナリを見てみたかったというのも大きな理由の一つだったのに、更に玉藻前から報酬まで貰うのは……少しばかり気が引けるなぁ、と思ったのだが……。

「シファ。私達は冒険者として依頼を受けたのよ。大森林から出発する時も、それはお互い承知していた筈よ。なら……報酬はしっかり受け取っておくべきよ」

「んー、いや……でもなぁ」

「シファ、なにもお金だけが報酬という訳ではないのよ？　今回の私達の依頼書にも、お金で支払うなんてことは一言も書かれていなかったわ」

「え？」

思わず玉藻前の方へと向き直る。

するとと彼女も初めからそのつもりだったのか、軽く頷いて見せた。

「うむ。実は、我には金銭の持ち合わせがないのじゃ。無論、全くないという訳ではないのだが……とても報酬と呼べる程の額を用意することが出来ぬ」

「まぁ、暫く森暮らしだったもんな。そりゃ貧乏にもなるよな」

「……べ、別に貧乏という訳ではない！　こほん、まぁそんな訳なので、今回の報酬は別の形で支払わせてもらいたいと思っておる」

別の形か……お金以外の報酬の形とは、いったいどんな形なのか想像もつかない。便利魔道具《アイテム》とかだろうか？　チラリと、部屋の周囲に視線を巡らせてもそれっぽい物が置かれているようには見えない。イナリ社の秘宝とか言う物があるくらいだし、他にも色々な魔道具が隠してあるのだろうか？

「そういうことなら俺はそれで良いぞ。でも本当に気にしなくていいからな。な、ルエル？」

玉藻前の感謝の気持ちは痛い程に伝わってくる。それだけで報酬としては充分なのだ。なら、後は形だけの報酬でもなんでも良い。

「ええ。私も構わないわ」

「おお！　そうか！　して、お主らはこの後どうするつもりなのじゃ？　暫くイナリに滞在したりはしないのか？」

後ろの尻尾がソワソワと動いている。見た目が成長しても感情が全部尻尾に伝わってしまうことは変わらないらしい。

しかしこの後か……姉からの指名依頼はこれで無事に完了した訳だけど、言われてみればその後の予定なんて全く考えてなかったな。

「ふふ。せっかくだし、数日はイナリに滞在しても良いんじゃない？　イナリは大きい街だし、色々と珍しい物も見れると思うわよ？」

玉藻前の尻尾を見てクスリと笑いながら、ルエルがそう提案してくる。

「だな！　実は色々と見て回ってみたかったんだよな」

それに、今は依頼書を発行していないと言っていたイナリの冒険者組合だけど、魔物や魔獣の討伐報酬の対応はやっているという話だ。暫くのあいだ、この街で冒険者として活動してみるのも良いかも知れない。

「おお！　で、ではお主らへの報酬は少しだけ考えさせてくれ！　きっとお主らが満足するものを選んで見せるのでな！」

「い、いや……別にそこまで悩んでもらわなくても構わないんだが。適当で良いぞ」

ブオンブオンと動きの激しくなった尻尾が妙に気になる。

「だ、駄目じゃ。ちゃんと選んでからお主らに渡すのでな。数日のうちには必ず選んでおくので、それまで待っておいて欲しい」

「そ、そうか？　まぁ良いけど」

「うむ！　あ、あとこの街にいるあいだ、たまにで良いのでイナリ山に足を運んで欲しいのじゃ」

「ま、そうだな。たまに様子見に来るよ」

「ええ。玉藻前一人だと、なんだか心配だしね」

「おぉ！　では今日この後はどうするのじゃ!?　お主らさえ良ければ、イナリ社で寝泊まりしても構わぬぞ!?」

「いや、宿も取ってあるし、そこまで気を遣ってくれる必要はないよ。玉藻前もゆっくり休んでくれ」

「そ……そうか？　う、うむ。そうじゃな」

心なしか、玉藻前の尻尾の力が抜けていったような気がする。

寂しいんだろうな……イナリに滞在しているあいだは、なるべく頻繁に顔を出すようにしよう。

「それじゃぁ玉藻前をイナリ社まで連れて行く任務はこれで完了だな！　俺達は山を降りるとするか」

スックと立ち上がり、改めて部屋を見回してみる。

俺の家やカルディアで見たどの建物とも少し違った趣きのある内装をしている。木の香りが心地よくて、落ち着けそうな雰囲気だ。

「じゃぁ、またな」

「シファ、ルエル。本当に感謝する。お主らへの報酬が決まり次第、我から連絡させてもらう」

背中を向けた俺達に、玉藻前は床に手を付けながら深々と頭を下げていた。

連絡って……まさか手紙でも送ってくるのか？　とも一瞬思ったが、妖獣である玉藻前ならではの連絡手段が他にあるのかも知れないな。なんて考えつつ、ずっと頭を下げたままの玉藻前に苦笑いしながら俺達はイナリ社を後にする。

暫く真っ直ぐ歩けば、周囲の景色はいつの間にか何の変哲もない山の中へと変わっていた。

◇◇◇

玉藻前を無事にイナリ社へと送り届けたことで、姉からの指名依頼はこれで完了だ。

玉藻前が依頼報酬を選ぶまでのあいだ、俺達はイナリの街を観光することにした。正直に言えば、せっかくイナリまでやってきたのだから依頼を終えてすぐにカルディアまで帰るのは勿体ないと思っていたところだ。

「あの様子じゃ玉藻前の奴、俺達への報酬を選ぶのにそれなりに時間かかりそうだな」

「そうね。あまり気にしなくても良いのに……義理堅いのかしらね」

昨日の玉藻前の様子を思い出してルエルと笑い合いながら、イナリの冒険者組合へと足を踏み入れる。

組合の中の様子は昨日と少しだけ違っていた。

「あれ？　なんか人が増えてるな」

昨日よりも明らかな賑わいを見せている。

どうしてなのかと視線を少しばかり彷徨わせると、理由はすぐに判明した。

「へー、依頼書が発行されてるんだな」

組合の隅に並べられた大きな掲示板。昨日はスッカスカだった筈なのに、今はぎっしりと依頼書が貼り付けられている。しかも、現在進行系で依頼書の数は少しずつ増えているようだ。たった今も、組合員が新たな依頼書を貼り付けている姿が目に止まる。

「玉藻前のことを報告するついでに、良さそうな依頼があれば受けていこうか」

たくさんの依頼書が貼られた掲示板を横目に、ルエルと並んで組合の受付へと足を運ぶ。

「おはようございます。シファ様、ルエル様」

受付に立っていたのは音無さんだった。

深々と丁寧なお辞儀で迎えられる。

「おはようございます。あの、昨日の件について一応報告しておこうと思いまして」

「はい。それでは二階の支部長室で対応させていただきます」

周りに多くの冒険者がいる状況で、『玉藻前を無事に社まで送り届けたよ』とは流石に言えない。

あんな玉藻前だが、一応危険指定レベル18の妖獣だ。いらぬ騒ぎを起こしてしまうかも知れない。

音無さんもそう思っているからだろう。俺達を二階へと案内してくれた。

◇◇◇

玉藻前を昨晩のうちにイナリ社へと送り届けたと、イナリ支部の支部長紅葉様に報告した。

相変わらずダラけた態度で『はいよー、御苦労さんやったなぁ』とあっさりした対応には少しだけ拍子抜けだった。

とは言え、これでイナリでやらなければいけないことは全て済んだ訳だ。

「よし！　それじゃイナリを観光しながら、冒険者として依頼をこなして行く。ってことでいいな？」

「ええ構わないわ。って昨日も話したでしょ」

「一応確認しただけだ。俺達は編成《パーティー》を組んでるんだからな」

「……」

そしてやって来たのは依頼掲示板の前だ。

非常に多くの依頼書が貼られている。この数なら、何かやり甲斐のある依頼が見つかるんじゃないだろうか……なんて思っていたのだが。

「店の開店準備手伝いに、店の接客応援。庭の手入れ……？」

初級冒険者の俺達でも受けられる依頼ばかりだが……。

「やっぱり、立ち入り制限が解除されたばかりのイナリだと雑務系統の依頼が多くなるのは仕方のないことよね。でも、困っている人、もしくは手伝いが欲しいと思っている人達がこの依頼を出しているのは事実よ。どうするの？」

「んー、確かになぁ」

雑務系か、難易度は初級で俺達《初級冒険者》にはピッタリとも思える依頼だが、そういうのはカルディアで充分にこなして来たんだよな。カルディアでも、そろそろ中級難易度の依頼をこなしていこうと思っていたところだったのに。

「うーん……」

非常に悩ましい。しかし、今ある依頼の全てが雑務系統の依頼。仕方ない……か。

『店前の街道清掃』と記された依頼書へと手を伸ばす。

「ちょいちょい、そこのお二人さん！」

「「え？」」

ピタリと、依頼書へと伸ばした手が止まる。

すぐ横からかけられた声に振り向くと、立っていたのは一人の女性だった。

「あ、ごめんね？　急に声かけて、びっくりさせちゃったかな？」

短めに切り揃えられた茶色い髪を指先でクルクルと弄びながら、ニッコリと笑っている。瞳はパチリと大きく、非常に可愛らしい雰囲気だ。

「なんか随分悩んでたみたいだけど、その依頼受けるのかな？」

俺が手を伸ばした先にある依頼書へ視線を向ける女性。

もしかして、この人もこの依頼を受けたかったのかな。だとしたら全然譲るが……。

「そうだけど。それが何か？」

「お、おいルエル」

ズイッと俺と茶髪の女性の間に割って入ったルエル。

「冒険者が受ける依頼は基本的には早い物勝ちよ。この依頼は私達が受けることにしたけど、その上で私達に何か用でも？」

言ってることは正しいんだが、ちょっと言い方がキツい。

「あ、ごめんごめん！　そういう訳じゃないんだよ。もしかして、もっと他にやり甲斐のある依頼を探してるんじゃないかと思ってさ」

「どういうこと？」

「ごめんねぇ。あまりやりたい依頼がないように見えたからさ、それなら私の依頼を手伝ってもらおうかなって思ったんだけど」

彼女の言葉を聞いて振り返ったルエルと目が合う。

それならと、軽く頷いて見せた。

「とりあえず、話だけは聞くわ」

「ほんと!?　良かった、じゃぁちょっと場所変えよっか。立ち話もなんだしね」

パァッと表情を明るくさせて、鼻歌交じりに歩いていく。組合内に設けられている休憩スペースで話をしようということらしい。

「なんだか怪しいと思うけど」

「まぁ、話を聞いてから決めれば良いだろ。コレと言ってやりたい依頼がある訳でもなかったのは事実だしな」

俺とルエルは、彼女の後についていった。

◇◇◇

「まずは自己紹介だね。私はラキア。ラキア・カルベルだよ。気軽にラキアって呼んでよ！」

組合内に設けられた休憩スペース。そこの机に腰を落ち着けると、彼女はそう名乗ってきた。

「俺は」

「私はルエル、そして彼はシファよ、よろしくね。気軽にシファ、ルエルと呼んでくれて構わないわ。ね？　シファ」

「あ、あぁ」

俺が名乗ろうとした所に被せてくるルエル。まるで俺に自己紹介させたくないみたいな強引さに呆気に取られてしまった。

「シファくんに、ルエルちゃんだね。うんヨロシク！」

「それで？　依頼について詳しく話してもらえる？」

自己紹介よりも、早く依頼の話を聞かせろ。といった具合にルエルが話を進めさせる。

「うん。依頼……というよりかは魔獣討伐に行くんだけど、君達も私に協力してくれないかなっていうお誘いなんだよね」

「魔獣討伐……となると討伐報酬か」

「そういうこと。討伐証明部位を持ち帰って、組合から報酬を貰うんだよ」

そうだな。なにも依頼書が発行されている依頼を引き受けるだけが冒険者の仕事じゃないもんな。

掲示板に貼られている大量の依頼書を見たせいで、そのことがすっかり頭から抜け落ちてしまっていた。

「俺は良いと思うぞルエル」

「ちょっと待って。私達もっていったいどういうこと？」

「実は、君達以外にも幾つかの冒険者パーティーに声をかけさせてもらったんだ。アレだね、臨時パーティーだね」

臨時パーティーか。幾つかの冒険者パーティーで結成した、その時のみの臨時の冒険者パーティーだ。

「魔獣討伐って、どんな魔獣を討伐しに行くんだ？」

「そうだねぇ、場所はイナリの上門から出てぐるりとイナリ山の裏まで回る道中の魔獣を討伐しようとおもってるんだ。危険指定レベルは5～7くらいだね」

ピクリと、彼女に向けるルエルの視線が厳しくなるのが分かった。

「貴方が声をかけた冒険者の等級がどの程度かは分からないけれど、少なくとも私達は〝初〟級冒険者よ。レベル5以上の魔獣は、初級冒険者の手には負えないわ」

うん。一般的にはそうだ。

危険指定種は〝中〟級以上の冒険者が対処するのが普通だからな。

「だ、大丈夫大丈夫！　君達はあくまでも私の補助《フォロー》としてついて来てくれれば良いから」

「ラキアは〝中〟級冒険者なのか？」

「そうだね、一応見せておかないとね」

そう言って、ゴソゴソと服の中を漁り出すラキア。

そしてチラリと俺達に見せた首飾りには、三角形の紋章が刻まれていた。

「私〝上〟級冒険者だから、安心してよ」

ニカッと自信満々に笑って見せた。

◇◇◇

結局、俺達はラキアの申し出を受けることにした。

魔獣討伐にはこのあとすぐに向かうらしく、準備が整い次第イナリ上門に来てくれということだ。

「なんか信用出来ないのよねあの人」

ルエルが口を尖らせている。

ラキアとの話を終えて、既に準備は整っていた俺達だが、軽く相談してからこうして上門へと向かっている。

ラキアは、話が終わるとすぐに上門へと向かったようだ。

「わざわざ私達に声をかけたのが、余計に気になるのよ」

こんな調子で、魔獣討伐の話に乗ることに賛同してくれたものの終始ご機嫌斜めだ。

「まぁいいじゃん。俺達以外の冒険者との関係を築いておくのも大切なことだろ？　それに、ルエルの言う通り何か裏があるのなら尚更放ってもおけない気がするしな」

「貴方は警戒心が足りな過ぎる気がするわ」

「その分、ルエルが色々と気にしてくれてるからな。頼りにしてるよ」

「……何よそれ」

ハァ、とため息を吐くルエルだが、少しだけ機嫌は直ったようだった。

イナリの街を抜けて、約束の上門へと辿り着く。

ラキアと、彼女が声をかけたと思われる数名の冒険者が既に集まっていた。

ラキアは単独《ソロ》のようだが、集まっている冒険者は俺達を除いて四人。俺達と同じく二人組のパーティーが二つのようだ。

「これで全員だね。詳しい話はそれぞれに済ませているけど、この上門からイナリ山の裏手までに生息している危険指定種の討伐の手伝いをしてもらうから」

上門から北に延びている街道から逸れて、イナリ山の裏までぐるりと行って帰ってくる。道中には様々な魔獣が生息していて、その中の大物の危険指定種一体を討伐するのが今回の狙いらしい。

具体的に何を狙っているという訳でもなく、お金になる危険指定種一体くらいは討伐証明部位を持ち帰りたいね。ということのようだ。

「基本的に危険指定種の相手は私がするから、君達はそれ以外の魔獣を私に近付けないようにして欲しいんだ」

護衛みたいなものだ。

危険指定種と出会した時に、彼女が戦闘に専念出来るように魔獣を近付けさせなければ良い訳だな。

「報酬だけど、危険指定種の討伐報酬は六割が私。残りを君達で平等に分配。それ以外の魔獣の討伐報酬は、討伐したパーティーの物だから」

集まった冒険者達から文句を口にする者は出てこない。

危険指定種の相手はラキアが引き受けるにもかかわらず、その報酬の一部を貰えるんだから、美味しい話にしか聞こえない。

「じゃ、みんな自己紹介してから早速向かおっか！」

◇◇◇

ラキアを先頭にして、それぞれの冒険者ペアが左右から少し後ろの位置でついていく。俺達は一番後ろだ。

他の二つの冒険者パーティーとも軽く会話したが、どうやらどちらも〝初〟級冒険者のようだった。

「どうだルエル。何か気になる所でもあるか？」

相変わらずルエルはラキアのことを信用出来ないらしい。

さっきから前を歩く彼女のことを注意深く観察しているのだ。

「いえ、特には……強いて言うなら、親切過ぎることとくらいかしらね」

それはこの魔獣討伐のことを言っているのだろうか。

たしかに、考えようによっては彼女からのこの依頼、〝上〟級冒険者の彼女が〝初〟級冒険者の俺達を、魔獣討伐へと連れて行ってくれているようにも見える。

実力も経験値も上の〝上〟級冒険者が一緒なら、か弱い〝初〟級冒険者の俺達は安心して討伐に向かえるからな……。

「おっと、魔物だね。上位《ハイ》ゴブリン。危険指定レベル３。私はまだあまり魔力を使いたくないから、頼めるかな？」

前方から棍棒を抱えた二体のゴブリンが近付いて来る。

彼女の言葉に頷いた二組の冒険者が前へと出る。二体の上位ゴブリンに対して四人の〝初〟級冒険者。

それぞれ一対二という状況を作り出し、確実に仕留めて見せた。

「うん、お見事。やっぱり手堅く仕留めるのが一番だよね……って、げっ」

見事上位ゴブリンを討伐して見せた冒険者に、うんうんと感心していたラキアだったが、その表情が青ざめる。

見ると、更に前方から飛来してくる影がある。

「うわっ……コカトリスじゃん。危険指定種かぁ……大物ではないけど、流石に君達《初級冒険者》に相手させる訳にもいかないもんね」

危険指定レベル4。危険指定種であるコカトリスは〝初〟級冒険者には荷が重い。勿論、倒せない相手ではないと思うが、それなりに苦労してしまうだろう。

なら、〝上〟級冒険者である彼女の出番だが、あまり乗り気ではないらしい。

「よし、じゃぁ俺が」

なら俺がサクッと片付けよう。

そう思って前に出ようとしたのだが。

「シファはそこにいて」

「――ッ!?　え、ちょ！　ルエル!?」

肩を掴まれ静止させられた。

代わりにルエルが素早く駆け出し、上位ゴブリンを討伐し終えて安心しきっている冒険者達に空から迫るコカトリスへと向かう。

「お、俺の出番は……？」

「うわっ、はやっ」

ラキアを追い越し、自分達へと素早く向かってくるルエルの姿を見て、冒険者達もようやく背後にコカトリスが迫っていることに気がついた様子。

そしてルエルはそんな彼等には目もくれずに素早く跳躍し、今まさに翼と口から毒の霧を吐こうとしたコカトリスの体に軽く触れる。

すると——パキィンッ!!　という涼し気な音と共にコカトリスは一瞬にして凍りつき、地に落ちた。

「え？」

「いったい何が……」

「さぁ、先へ進みましょう」

着地したルエルが、少し乱れた髪を軽く整える。

まるで何事もなかったのような涼し気な表情だ。

「凄いねルエルちゃん。それどんな魔法？　あまり見たことない魔法だよね？　相手の体に魔力を送り込んで魔力を氷へと変えたってこと？　だとしたら凄い魔力操作能力だねぇ」

興味津々と言った具合に、凍りついたコカトリスとルエルに交互に視線を向かわせるラキア。

他の冒険者達には何が起きたのかサッパリ理解出来ていないようだ。

「……詮索されるのはあまり好きじゃないわ」

「うーん、そっか……そうだよね、それじゃ先へ進もっか」

『ごめんねー』と軽く謝罪の言葉を口にしてからラキアは再び前へと進む。

今のルエルの態度を見せられてか、他の冒険者達からも何か聞かれることはなかった。

「なぁルエル。別に俺がやれば良かったんじゃないのか？」

ルエルがあそこまでしなくても、俺なら剣を投げて討伐すればそれで終わった話だ。

「そうだけど、出来れば今回貴方は大人しくしておいて欲しいわ」

「え、なんで？」

「敢えて言うなら……一応ってところかしら」

「何だそれ……」

「ごめんなさい。私の考え過ぎかも知れないから、これが終わればちゃんと話すわ」

「おーい、早く行くよー!!」

少し遠くなってしまったラキアからの声を聞いて、俺達も再び足を動かした。

◇◇◇

出会《でくわ》す魔獣や魔物を俺達冒険者が討伐しながら進むこと暫くした所で、全員足を止めて木陰に見を潜める。

陰に隠れながら前方に視線を向けると、少しばかりひらけた空間に一体の魔獣の姿があった。

「嘘だろ、大物ってアレのことか？　どうしてこんな所に？」

一人の冒険者が声を震わせている。

大きな翼をバタつかせ、どこか落ち着きがないように見える。時たま『グルル……』と小さな咆哮が聞こえていた。

危険指定レベル7、翼竜だった。

「そ、翼竜。ちょっと目撃情報があってさ、もしかしたらいるかもって思ってたんだけど……やっぱりいたね。ラッキー」

この口ぶりから察するに、初めから目当ては翼竜のようだった感じだが……いなければその時は別の危険指定種を討伐しようとしていたらしい。

「安心してよ。翼竜は私一人で片付けるからさ。君達は騒ぎに釣られてやって来た他の魔獣達を近付けさせないようにしてくれたら良いから」

「勝てるのか？」

「え？　ちょっと勘弁してよ、勝てるよー。でも他の魔獣まで相手する余裕はないかもだから、ヨロシクね」

スックと立ち上がり、翼竜を睨みつけるラキア。

なら俺達も、ちゃんと与えられた仕事をしよう。そもそも、これが今回の俺達への依頼な訳だからな。

◇◇◇

俺達《初級冒険者》に目配せをして、軽く頷くラキア。

ラキアが翼竜と戦闘を行うとなれば、その騒ぎを聞きつけて近くの魔物や魔獣が寄ってくることが考えられる。

ラキアはこの広場で翼竜を討伐するつもりのようで、俺達は広場を囲う形で配置につく段取りだ。

しかしまだ動けない。

翼竜はコチラの存在に気が付いていない。動くとなれば、ラキアが翼竜に先制を仕掛けた後だ。

スッ――とラキアが手を伸ばし、小さな魔法陣が出現する。僅かな光が放たれるが、昼間ということもあり目立つことはない。

だが、ほんの僅かな違和感に気が付いたのか、翼竜がピクリと反応し鋭い視線がコチラに向けられた。

「…………」

魔法陣から取り出した長剣を握り締め、ラキアが身を更に屈める。勿論俺達もだ。翼竜の視界に俺達は映っていない筈だ。

グッと暫くこらえると、コチラへの興味を失った翼竜は視線を別の方向へと移した。

そして――

「ッ!!」

ダンッ!!　と力強く地面を蹴り、木の陰から勢いよく飛び出すラキア。姿勢を低くし、長剣を下後方へ構え、可能な限り風の抵抗を失くしている。

翼竜へと、まさに一直線に向かうが――

グルン――と、翼竜が首の向きを変える。

まるで待っていたと言わんばかりに、大きな口腔を晒け出している。

「咆哮《ブレス》だ!!　俺達も散ろう！」

翼竜は俺達の気配に気付いていた。

知らぬ振りを決め込み、獲物が自ら飛び出してくる時を窺っていた。

何の威嚇動作もなく、速攻にも等しい咆哮が何よりの証拠だ。

この位置では、俺達まで咆哮を浴びてしまうためすぐさま散り散りとなることにした。〝初〟級とは言え全員が冒険者だ。皆が状況に応じた動きを取ってくれた。

「――――ッ!!」

耳を劈《つんざ》くような激しい叫び声とともに放たれた翼竜の炎の息は、ついさっきまで俺達のいた場所を焼き飛ばす。

「ふぅ……大丈夫かルエル？」

咄嗟にルエルの手を摑んで飛び出してしまった。

「え、えぇ大丈夫よ。は、放してくれる？」

「あぁ」

掴んでいた柔らかい手をやんわりと放すと、ルエルはその手をもう片方の手で優しく擦った。心なしか照れているように見える。

「ラキアは今の咆哮を避けることが出来たのかな……」

「どうかしら。あの距離からの回避はかなり難しいように思えるわ」

もしラキアが戦闘不能になってしまっていたら、あの翼竜は俺が討伐することになる訳だが……。

チラリと、翼竜の方へと視線を向けると――

ザンッ！　という斬撃音の後に俺の耳に飛び込んで来る翼竜の叫び声。

「――――――ッ!!」

咆哮ではなく、悲鳴にも似た叫び声だ。

「あっはは！　思ったより硬いじゃーん」

そしてヒラリと空中で体を翻し、そのまま軽快に地面に着地するラキアの姿が目に入った。

彼女の体には傷一つどころか、汚れすら付いていない。

更に――ドシャリと、ラキアの後方に落ちた巨大な物体は、翼竜の翼だった。

遠くの茂みに隠れている冒険者が大きな口を開けて驚いている姿が見えた。

「流石は〝上〟級冒険者だな」

「ええ。あのリーネさんのお姉さんだって少し前までは〝上〟級冒険者だったのだから、これぐらいは当たり前なのかも知れないわね」

「さて、これで空には逃げられなくなったから、後はずっと私のターンだよね」

ラキアが悠々とした態度で翼竜との距離を詰めていく。

片方の翼を失った翼竜は空を飛ぶことが出来ない。とは言え、『空』という優位性を失ってしまった翼竜がどんな行動に出るか、予想することは難しい。

基本的に竜種は高い知能を持っているらしいし、俺がこれまで出会った翼竜もそうだった。空から様子を窺ったり、相手を威嚇して様子を窺ってみたりと、状況に応じた行動に出る魔獣だ。

しかし——

「な、なんだ？」

ラキアが相対している翼竜が取った行動は、俺が知る翼竜の物とは程遠かった。

「————ッ!!」

大きな口を開けて、けたたましい叫び声を上げながらラキアを捕食しようと襲いかかる。知能なんて微塵も感じられず、ギョロリとした瞳孔は血走っていた。

「あはっ、狂ってるね！」

ただ、対象を捕食しようと襲いかかる魔獣だ。

動きは単調で読み易く、ラキアの攻撃を避ける素振りも見せない。攻撃を受けても構わず喰らいつこうとしている。

「き、狂暴化？」

思わずそんな言葉が出た。そう、まさに狂暴化していると言えるような状況だからだ。

「シファ！　魔物よ！」

くそ。翼竜とラキアの様子も気になるが、俺達の本来の仕事はこの場所に魔獣を近付けさせないことだ。

それに、あの様子じゃラキアが翼竜に食べられてしまうこともなさそうだ。

「あぁ。さっさと倒してしまおう」

翼竜から視線を外し前を見ると、こちらに近付いてくる複数の影があった。

ゴブリンだ。低レベルの魔物。知能が低いからか、翼竜がいるこの場にもお構いなしに突っ込んでくる。

ルエルと共に、ゴブリンを迎え討つ。

◇◇◇

「いやー、ありがとね。上手くいったよー!!」

翼竜は無事に討伐された。

片方の翼は切断され、もう片方の翼もひしゃげている。巨体に幾つもの斬撃が浴びせられた跡が残っていることから、この翼竜はやはり最後まで暴れ回ったのだと予想がついた。

「思ったよりしぶとかったからさ、ちょっと焦っちゃったよ」

そう言いながらおどけて見せるラキアだが、傷一つなく服装も乱れていなければ、汗一つかいてもいない。

「あれ？　どうしたのシファくん、そんなに私のこと見つめて。もしかして、お姉さんの強さに惚れちゃったりした？」

「いや、そういう訳じゃないけど……」

凝視していたのがバレていたようだ。

いつもならここでルエルの肘打ちでも飛んで来る所だが、今回は飛んで来なかった。

「レベル7の翼竜。うん、これなら充分な報酬が貰えるよ。他の魔獣の討伐部位もあるから、それなりの仕事にはなったよね」

他の冒険者達も満足そうな表情だ。

間接的とは言え、危険指定レベル7の翼竜の討伐に貢献したのだから、その喜びも大きいらしい。

でも、俺は素直に喜べない。

ラキアを必死に捕食しようとしていたさっきの翼竜の姿が、目に焼きついて離れない。

流石に異常だろ……あの翼竜は。

「なぁラキア。この翼竜、なんだか様子が変じゃなかったか？」

「え？　変って言うと？」

「少し戦闘の様子を見てたんだけど、片方の翼を斬られたあと、なんというか……必死の形相と言うか、無茶苦茶と言うか、なんか異常に狂暴になっていたように見えてさ」

ラキアは顎に指を添えて少し考えた素振りを見せる。先程の戦闘を思い出しているのだろう。

「うーんごめん。あんまり覚えてないや、戦闘中は私も必死になってるからさ。もしかしたら、翼を斬られて逃げられなくなったから、翼竜も必死になったんじゃないかな」

「必死に……か」

「そうそう」

ふと疑問に思った。

翼竜はたしかに必死になっていたようだが、ラキアも必死だったのだろうか。俺にはかなり余裕があるように見えたが……。とは言え、ラキアなりにアレで必死だったのかも知れないが。

「さてと！　それじゃ翼竜の討伐証明部位も回収したし、撤収だよ撤収！！　さっさと帰ろう！！」

「おおー！」と、冒険者達から掛け声が上がる。

一仕事終えたと実感する。

――そんな時。

不意に、影が差した。

「ん？」

まだ日が落ちるには早い。ついさっきまで明るかったのだから、この影が出来た理由は他にある。

皆が一斉に空を見上げると同時に、ズー……ンと足から伝わってくる地響き。

そして目の前には、翼竜のひと回りもふた回りも大きな巨体。

「ひっ――」

一人の冒険者が、乾いた悲鳴を漏らす。

「あ、あり得ない！　こんな所にいる筈がない！　どうして!?」

別の冒険者が震えた声でそんなことを口にしている。

「シファ！　危険指定レベル14、火炎竜よ！」

「火炎竜……」

赤黒い表皮に、背には四枚の翼。

この竜が登場してから、場の温度が急激に上昇しているようだ。

ギラリと獲物を捉えた歪な瞳は――血走っている。

「火炎竜は炎帝の渓谷の奥にしか存在しない筈よ！　なのにどうして」

「みんな！　散って!!」

「――ッ！」

すぐさま聞こえてきたラキアの声に反応し、皆が散り散りに広がる。

「火炎竜を街に連れて行く訳にはいかない！　遭遇してしまった以上、少なくとも撃退する必要がある！」

全員に聞こえるようにラキアが声を上げている。

冒険者達の表情がみるみると青ざめていくのが分かった。

危険指定レベル14だ。レベル7の翼竜とは違う。いくら〝上〟級冒険者のラキアといえども、一人で倒すのは無理かも知れない。

なら、皆が力を合わせる必要がある。低レベルの魔獣や魔物を相手にするのとでは、難易度が桁違いだ。

「む、無理だ……勝てっこない」

へなへなとその場に座り込む一人の冒険者。

戦意を喪失してしまっている。そしてそんな姿を見せられた他の冒険者達も、徐々に足から力が抜け落ちていっているようだ。

逃げることを諦めた獲物を見過ごすわけもなく、火炎竜が動く。

背中にある四枚の翼を大きく広げた。その翼には、魔法陣にも似た奇妙な紋章が描かれている。

「馬鹿っ！」

俺より近くにいたラキアが、ヘタれてしまった冒険者の方へと咄嗟に駆け出した。

俺も向かおうかと思ったが、火炎竜の翼が奇妙な輝きを発している。何かしらの攻撃を行おうとしているのは明白だ。そして、俺とルエルも決して安全とは言えない位置にいる。

なら――

「ルエル!!」

「きゃっ！」

無我夢中でルエルに覆い被さる。

どんな攻撃が来るのか分からない以上、こうするしかない。

そして激しい轟音と共に翼から放たれたのは、赤黒い火球だった。

それぞれの翼から一つずつ放たれた火球が、辺り一面を焼いた。だが、狙いはデタラメのようだ。

やはりこの火炎竜も、さっきの翼竜と同じように冷静さを失っているように見える。

そのおかげもあり、伏せていた俺とルエルは爆風を浴びるだけに留まった。

しかし――

「う、あぁ……」

「ら、ラキアさん！　そんな……」

ラキアの僅かなうめき声と、冒険者の悲痛な声が聞こえてきた。

「う、うそ」

あちらの状況に気が付いたルエルが、堪らず口を覆う。

冒険者を庇って今の火球を浴びてしまったようで、ラキアの片腕が消し飛んでしまっていた。

「………」

片腕を失ってしまった冒険者。

初めて見る光景に、俺の心臓も激しく脈打っているような気がする。

どうすればいい？

ラキアを担いで早く逃げた方がいいのか？

でも逃げたとしてもこの火炎竜は追いかけてくるのか？　なら討伐しなきゃ駄目だ。けどラキアが……。

火炎竜と戦っている間ラキアは持つのか？　手負いのラキアと他の冒険者を護りながら火炎竜を

討伐するのに、いったいどれくらいかかる？

…………。

初めての状況に考えが纏まらない。

「シファ！」

「――!?」

そんなキツい声とは裏腹に、優しく頬に添えられたルエルの手は、ヒンヤリと冷たく心地がよかった。

「大丈夫よ。止血する治療魔道具《アイテム》は持っているわ。ラキアさんが死ぬことはないわ」

「あ、あぁ」

「ラキアさんは冒険者を庇った。どうやら私の考え過ぎだったみたい。あんなことを言っておいてなんだけど、私じゃまだ火炎竜には勝てないわ」

何故か、心の中までヒンヤリと冷たい何かが流れてくるような気がした。嫌な感じではなく、心地のよい物だ。

「しっかりと深呼吸してみて。大丈夫、今の攻撃の反動か、火炎竜はジッとしているわ」

大きく息を吸って吐くと、心臓の音が小さくなっていくのが分かった。

「私はラキアさんと他の冒険者を護るから、火炎竜は貴方に任せて大丈夫ね？」

参った。本当にルエルはいつだって冷静だな。

玉藻前の時もそうだったように、アツくなってしまいそうな俺を優しく冷やしてくれるんだよな。

「あぁ、任せてくれよ。ただ倒せば良いだけなら、余裕だよ」

「お願いね」

ルエルは、ラキアの下へと走っていった。そして他の冒険者達を集め、火炎竜から距離を取った。

「――――!!」

そんな彼等に、火炎竜はすぐさま赤黒い炎の咆哮《ブレス》を放つ。

迫り来る咆哮に恐怖する冒険者とは裏腹に、ルエルの表情は何一つ変わらない。

まるで、火炎竜の咆哮を俺が霊槍《オーヴァラ》で消し飛ばすことを理解しているようだった。

「お前の相手は俺だ」

投擲した霊槍が火炎竜の咆哮を消し飛ばすと、ギラリと血走った目が俺に向けられた。

「――――オォォッ!!」

そして俺の姿を認めるや否や、火炎竜は大きな口内を晒し耳障りな声を上げる。鋭い牙が並ぶ口腔から赤黒い炎が放出された。

不気味な光を帯びた炎が眼前へと迫る。

霊槍で吹き飛ばすことも可能だが、姿勢を低くして前へと駆け出すことを選択した。

直線的な炎の咆哮《ブレス》だが、轟音と共に迫ってくる光景は、不安定な心理状態だと恐怖を抱くには余りある迫力がある。

でも、今の俺は不思議なくらい落ち着いている。

火炎竜の咆哮を掻い潜り、一気に距離を詰めた。

すかさず、聖剣《デユランダル》を取り出し、火炎竜の足を斬り付ける。

充分に魔力を込めた、全力の一撃だ。

「ハァァッ!!」

ザァンッ!!　という音と共に伝わってくる確かな手応え。

翼竜よりもふた回り程大きい巨体を支える大きな足が裂ける。

「――――!!!」

かなり効いているらしく、火炎竜が悲鳴を上げるのだが……。

「――?　な、なんだ?」

火炎竜からは一切の血が流れない。

確かに斬った。いや、ちゃんと斬れている。

この斬撃痕はたった今俺がつけた物だ。火炎竜の様子を見ても、確実に効いているのだと分かる。

なのに、血は流れない。

「なんだコイツ……」

火炎竜は血が流れないのか?

背中の翼を大きく広げ空へと舞い上がる火炎竜を見ながら、そんな疑問を抱いた。

いや、今はそんなことを考えている場合じゃない。

空を覆う程に広げられた四枚の翼がまた、不気味な光を放っている。

ついさっきの光景を思い出す。

奴の翼に描かれている魔法陣。アソコから放たれる火球が厄介だ。おそらく、直撃してしまえばただでは済まない。

霊槍で消し飛ばすことは可能だと思うが……。

チラリと、ルエル達のいる方へと視線を向ける。

ラキアの腕の止血は完了しているよう。意識もハッキリしているように見えるが、あまり状態は良くなさそうだ。俺達が持っていた治療魔道具では、痛みまでなくすことは出来ないからな。

火炎竜が狙っているのは俺だ。

出来るだけ、ルエル達から距離を取るために走る。流石に四つもの火球に全て対処し切れる自信がない。

少しでも、ルエル達に爆風が届かない所まで走れ！

次第に、火炎竜の翼の光が強くなっていく。不気味に、より眩しく。

そして――

一際強く光ったかと思えば、翼から次々に火球が放たれた。全部で四つだ。

即座に霊槍を取り出すが、動かしている足は止めない。

迫りくる火球から決して目を離さず、狙うべき対象を絞る。

まず一つ。俺の後方へと落下した火球が爆《は》ぜた。

「クッ――」

激しい爆風に体を取られるが、なんとか堪える。

そして次に迫りくる火球は、今まさに俺の頭上へと落ちようとしていた。

「ふんっ!!」

すかさず、右手に持つ霊槍を振り上げる。

手に伝わってくる衝撃に、霊槍が弾け飛ばされそうになるが、グッと力を込めてそのまま振り抜いた。

すると、火球は爆ぜることなく、跡形もなく霧散し消滅する。

続く火球も直撃コースだ。

体を捻り、そのままの流れでまた霊槍を振り抜き、火球を消し飛ばす。

そして最後の火球は、俺の前方に落ちた。

爆風を堪えながら、空にいる火炎竜へと視線を向ける。

血走った目を見開き、ジッと滞空し動かない。

おそらく、今の攻撃の後は少しの間だけ体の自由が効かなくなるようだ。

ならば好機《チャンス》だ。今仕留める！

足に魔力を集中しグッと踏ん張り、跳躍して火炎竜へと迫る。

デカい。

この巨体を仕留めるには——

幻竜王《バハムート》だ。即座に収納空間から大剣を取り出した。

圧倒的な攻撃力で、火炎竜を仕留める。そう思っての選択だった。

しかし——

「————ォォォォオオッ!!」

これまでに聞いたことのない、耳を抉るかのような咆哮が火炎竜から発せられる。

「なっ!?」

頭が真っ白になった。

俺の目の前で大きな口を開けた火炎竜の口腔に、翼に描かれている物と同じ魔法陣が出現していたからだ。

そして今まさに、その魔法陣から火球が放たれた。

いくらなんでも間に合わない——直撃する。

そう思った瞬間、ドロン——と、目の前に現れた青い炎。

どこからともなく現れたその青い炎が、火炎竜の放った火球の全てを、引き受けてくれた。

爆風を抜けて、俺はそのまま大剣を火炎竜の首へと叩き付けた。

ドシィ……ンと、火炎竜は真っ逆さまに落ちていった。

◇◇◇

「ふぅ」

倒れ伏した火炎竜に体重を預け、額に滲む僅かな汗を拭う。

流石に少し疲れた気がする。

危険指定レベル14。結構な強敵だったが……何とかなったみたいだ。

ラキアの腕は残念だが、誰も死んでいない。

「シファ!!」

他の冒険者達と協力してラキアに肩を貸しながら歩み寄ってくるルエルを見て、俺は立ち上がった。

「す、凄い……火炎竜を一人で倒すなんて……」

他の冒険者達は開いた口が塞がらないと言った様子だ。

「とにかく皆生きていて良かったよ。ラキア……その、大丈夫か？」

「あっはは。ごめんね、格好悪い所見せちゃったね……」

「そ、そんなことない！　ラキアさんは僕を庇って……〝初〟級冒険者の僕なんかのために、右腕を……」

そうだ。ラキアは火炎竜の攻撃からこの冒険者を庇ったんだ。それを格好悪いなんて思う奴はこの場にはいない筈だ。

更に言えば俺の見立てでは、アソコでラキアが行動に出ていなければ、おそらくこの冒険者は……。

いや、そのことを考えるのはやめよう。少なくとも今、みんな生きてるんだから。

「そう言ってもらえると私も頑張った甲斐があるよ。それに、後輩を護るのは先輩の役目でもあるしね」

ラキアの言葉に、護られた冒険者が顔を伏せていた。

「さ、さぁ！　とにかく早く帰りましょう。流石に今、また別の高レベルの敵に遭遇したら不味いわ」

ルエルの言う通りだ。流石に洒落にならないからな。

とは言え、火炎竜の討伐証明部位くらいは回収させてもらうが。

「よし、なら火炎竜の討伐部位をさっさと――」

後ろを振り向いた。

「え――？」

素頓狂《すっとんきょう》な声が思わず漏れ出る。

「「「…………」」」

他の皆は声を失っていた。

「あれ？　火炎竜は？」

今の今まで、俺の後ろで倒れ伏していた火炎竜の姿が跡形もなく消え失せていたからだ。

「ちょ、火炎竜は？」

あまりにも信じられない出来事に、思わずルエルに詰め寄った。

「し、知らないわ、どうして？　さっきまでソコにあったじゃない!?」

ルエルも俺同様、目の前の出来事に混乱している。

絶対に討伐した。死体だった。動ける筈がない。いや、仮に動いて逃げたとしても、誰かが流石に気付く。

「な、なぁ……俺火炎竜討伐したよな?」

「え、えぇ」

「うん、間違いないよ。私も腕の痛みがきつかったけど、シファくんが火炎竜を倒す所はハッキリ見たよ」

ルエルとラキア。そして他の冒険者達皆が肯定してくれる。

しかし、肝心の火炎竜の姿はない。

「な、何がどうなってるんだよ……」

◇◇◇

イナリへと帰ってくる頃には、日がかなり傾いていた。

片腕が失くなってしまったラキアに代わり、翼竜の討伐証明部位は俺が組合へと持ち込み、報酬を受け取った。

そして約束通りの報酬を分け合ってから、他の〝初〟級冒険者達とは別れることになった。

「はぁ。今日は大変な一日だったね」

イナリの街の片隅で、ラキアが苦笑いを浮かべている。

「こんなことを聞くのもなんだけど、失くした腕を治す方法ってないのか？」

失くなってしまったラキアの右腕を見て、ついそんなことを聞いてしまう。

片腕だと何かと不便だろうし……何より、これからの冒険者活動を大きく左右してしまう事態だ。

怪我を治したり、体力を回復する魔法薬があるのは知っているが、腕の損失は……流石に魔法薬では治りそうにないな。

しかし——

「あるにはあるわ」

「うん」

ルエルの返答に、ラキアも頷いた。

「え!?　マジで？」

「ええ。人体の欠損を修復してしまう最上位魔法薬——織姫の霊薬《エクシア》という魔法薬よ」

「エクシア？」

「うん。エクシア。でも恐ろしい額の魔法薬だよソレ。確か前に、王都のオークションで3億セルズの値がついたって聞いたよ」

「さ……さんおく？」

「うん……」

何だソレ。

流石に3億は、我が姉でも持ってないだろうな……。

「まぁでも、生きていればもしかしたら手に入るかも知れないからね。私は冒険者を辞めるつもりはないよ！」

グッと左手で握り拳を作るラキア。

そんな彼女の様子を見ていると、こっちまで笑顔になってしまう。

「あ――そうそう、シファくんにちょっと聞きたいことがあったんだよね」

ほんの少し、ラキアの視線が鋭くなった気がしたが、目を合わせてみるとソコにあるのはさっきまでの可愛らしいものだった。

気のせい……か？

「なんだ？」

「シファくんが使ってた魔法って、収納魔法の超高等応用技術――超速収納だよね？」

「そ、そうだけど……それがどうかしたか？」

何故か一瞬ドキリとする。

まるで何かを探られているような……そんな感覚があったが、考えてみれば、火炎竜と戦っている時に思いっきり使っていたし、超速収納が珍しい物だというのも事実だ。ただ単純に興味を持たれただけだろう。

「凄いねぇ!!　超速収納ってめちゃくちゃ難しいって聞くよ？　多分低級の冒険者で使えるのって君だけだよね？」

「た、多分な」

『ふーん』と軽く微笑みながら妖艶に目を細めるラキア。

「それとさ、火炎竜の最後の攻撃、アレはかなり危なかったよね？」

火炎竜の最後の攻撃……と言うと、口から放たれた火球のことだ。確かに危なかった、と言うよりも、玉藻前が護ってくれなかったら無事では済まなかった筈だ。

「あぁ、かなり危なかったよ。肝が冷えたな」

「だよねー!!」

『あっははは』と愉快に笑うラキア。

ほんと、笑い話で済んで良かったと思う。結局、火炎竜の死体が消えてしまったのは謎のままだが。

「あの火炎竜の攻撃を防いだ青い炎だけどさ――」

「――うん？」

「アレってもしかして玉藻――」

「シファ!!」

「うおっ!?」

ラキアが何かを聞こうとする所だったが、ルエルが急に声を上げたせいで最後まで聞き取れなかった。

「シファ！　そう言えばこの後も続けて何か依頼を受けようと話してたわよね私たち！」

「え？」

そんな話は――

してたような気もする。ことにする。

ルエルの何かを訴えかけてくる瞳が、そうさせる。

「そういうことだから。ラキアさん今日はありがとう。右腕のことは残念だわ」

「気にしなくていいよ。こちらこそ、二人ともありがとうね。凄く助かったよ」

「行きましょうか、シファ」

そう言いながら俺の手を取り、足早に進み出す。

もう少しちゃんとした別れを言いたかったが、何やらルエルの様子がおかしい。

俺は黙って、ルエルの後をついていくことにした。

◇◇◇

「またねー！」

ヒラヒラと左手を軽く振りながら、去っていく二人の〝初〟級冒険者の背中に別れの言葉を告げる。

「…………」

次第に暗くなりつつある中で、ラキアは二人の背中が見えなくなるのを確認してから歩き出す。

行き先が決まっている訳ではない。強いて言うならば、人気の少ない所を選んで歩く。

そうして暫く歩いていると、自分のすぐ隣に人の気配があることに気付く。しかし足を止めることはしない。

「ラキア。冒険者ごっこは楽しかったか？」

男の声が隣から聞こえた。

構わず歩き続ける。隣の男の気配は、ラキアの速度に合わせてついてくる。ピッタリと横に並んでいるのだと理解した。

「楽しい？」

ハッ――とラキアは鼻で笑ってしまう。

「楽しい訳ないでしょ？　マジで気持ち悪いよ。ちょっと私が庇ってやるだけで泣いちゃってさ……ホントぶっ殺してやろうかと思っちゃった」

思い出すだけでも寒気がしてしまう。

何が楽しくて冒険者の振りをして冒険者と共に行動し、更には冒険者を護らなければならないのか。

出来ることなら、目的のためだとしてもこんなことは二度と御免だ。

「まぁでも……収穫はあったから良しとするよ」

「しかし驚いたぞ。お前が冒険者のためにあのような行動に出るとはな」

「しょうがないよ。あの少年と一緒にいた女のコがさ、かなり疑り深い性格だったんだよね。でも、そのおかげで確信が持てたよ。ガレスの情報もあるしね」

思わず顔がニヤけてしまう。

無理をしてでも冒険者の振りをした甲斐があったという物だ。

「玉藻前……戻ってきてるみたいだよ。しかもあの少年に憑《つ》いてる」

「ほう……」

「火炎竜の攻撃から護ったんだよ、青い炎でさ。ホント有り得ないよね、魔獣のクセにさ」

吐き気がする気分だ。魔獣と人間が馴れ合うなど想像するだけでもおぞましい。

魔物や魔獣など、殺してしまうか、利用して殺すかのどちらかだ。そして討伐部位を素材として強力な武器や魔道具を獲得し、更に魔物や魔獣を殺す。

それが、自分達の存在意義だ。

「なら、優先順位は変わったな」

男の問い掛けに、ラキアは嬉しそうに答える。

「うん。玉藻前を討伐して部位を奪う。玉藻前が死ねばイナリ社を見つけるのもすぐだよ」

当初の目的はイナリ社だった。しかし玉藻前が戻ってきている事実と、その妖獣に深く関わっている冒険者の出現で目的が変わった。

「ふっ、人間を護る玉藻前など討伐するのは容易か……」

軽く笑うことで、肯定の意思を示す。

危険指定レベル18の妖獣が人間に入れ込んでいる。『憑く』とはそういうことだ。そしておそらく、あの少年も玉藻前のことを良く想っているのだと予想がつく。

この人間と玉藻前の関係を利用すれば、討伐する方法など幾らでも思い付く。

「それで？　その玉藻前が憑いた冒険者の実力はどの程度の物だ？」

少年と火炎竜の戦いを思い出す。

「かなり強いね。超速収納ははっきり言って反則だと思うよ。ってか『戦乙女』以外に使える人いたんだね」

戦闘の光景を思い出して真っ先に思い浮かぶのは、やはり超速収納だった。激しい戦闘中でもお構いなしに持ち替えられる武器は厄介極まりない。

だが——

「でも大丈夫かな。彼、実戦経験はあまりないみたいだよ。私の腕が吹き飛んだ時の顔……思い出しただけでも笑っちゃいそう」

いくら強力な技能《スキル》を有していたとしても、経験の差は技能の差を容易《たやす》く覆す。

状況を用意した上なら、仮に一対一であの少年と戦闘になったとしても、負けることなど考えられなかった。いや、寧ろ好都合とさえ思える。

「そうか。だが一応コレは渡しておこう」

そう言いながら、男はラキアに一つの瓶を手渡した。

豪華な装飾の施された小瓶。中では、白銀色に淡く輝く液体が揺れている。

「織姫の霊薬《エクシア》だ。持っておけ」

「あはっ！　ありがとー！　流石、気が利くね」

「ギルドが王都で奪った物だ。大切に使えよ」

大方の情報共有はコレで済んだ。男も、この霊薬を渡すのが目的の主だったようで、歩く速度が緩やかになっていく。

「あ、そうそう」

そう言えば言い忘れていたことがあったと、ラキアは立ち止まる。

「火炎竜を寄越すタイミング、完璧だったよ。次もヨロシクねー」

ラキアの言葉に軽く笑った素振りを見せてから、男は夜の闇へと紛れて消える。

仕事に従事する時はいつもこうだ。ほんの僅かな時間のみで、必要な情報を共有する。冒険者組合に目をつけられている以上、ギルドメンバー同士が一緒にいる所を見られるのは色々と不都合が多い。

（私は組合に顔が割れてるしね）

冒険者組合の組合員の中には厄介な者も存在している。

そんな組合員の前にはあまり出たくはない。だからこそさっきも、討伐証明部位を少年に代わりに持って行かせたのだ。

少年は自分に何の疑いも持っていないように見えたが、少女の方はやはり、少しの違和感を覚えているようだった。

（ま、どうでも良いか。後は利用させてもらうだけだしね）

そして徐に、服の中から首飾りを取り出した。

三角形の紋章が刻まれた石が嵌《は》め込まれている。

コレを見るとまた吹き出しそうになるくらい笑えてくる。本当に冒険者は馬鹿ばっかりだ。

コレを見せるだけで、馬鹿な冒険者は仲間だ先輩だと擦り寄ってくる。ソレが本物か偽物かなど疑いもしないのだから尚面白い。

勿論コレは本物だ。だがラキアの物ではない。馬鹿な冒険者から奪った物だというだけ。

(ま、流石にコレを組合に見せる訳にはいかないけどね)

経験乏しい馬鹿な冒険者は騙せても、組合を騙すことは不可能だ。どういう訳か、組合員が見ればその冒険者証が本人の物かどうか分かるらしい。

この仕組みの謎を知ることも出来たら、自分たちのギルドは更に動きやすくなるのだが、今は難しい。

ラキアは、冒険者証を左手で握り潰す。

不要になった物をいつまでも持っているのは嫌いだ。

利用するものは利用し、いらない物は始末する。

ラキアの所属する狩人《ハンター》ギルド――魔喰い蛇《ニーズヘッグ》とは、そういう所だ。

ぷらぷらと、冒険者証だった物の破片で汚れた手を払いながら歩き出す。

彼等は、自分たちのやっていること全てが、魔神種を根絶やしするために必要なことなのだと……信じている。

＃38　集められた冒険者

「イナリ北部、イナリ山裏手にて翼竜、更に火炎竜に遭遇した模様です。シファ様の証言から、どちらも〝狂暴化〟状態にあったと思われます」

昨日、冒険者組合にやって来たシファから聞いた内容を支部長紅葉へと報告する。

音無は、玉藻前の監視という任務を紅葉から預かっているが、支部長である紅葉の側近としての業務も決して怠らない。

こうして今日も、毎日の定期連絡を終えるとすぐにイナリ社へと向かわなければならない。とは言え、幻術により巧みに隠されたイナリ社にいる玉藻前を視認することは不可能で、僅かな気配すら感じ取ることは難しい。

しかし逆に、それが玉藻前が変わらずイナリ社に潜伏している証明でもある。

「そして火炎竜ですが……討伐した後、討伐証明部位を回収しようとした時には、その姿は跡形もなく消えていたそうです」

「…………」

紅葉は、黙って耳を傾けている。

ソファにゆったりと体を預け、やる気なさそうにだらけているものの、話を聞く表情は真剣そのものだ。

「その火炎竜は、おそらく魔法により創造された物やな」

「はい。私もそう思います」

というより、それ以外に可能性がない。

魔力で様々な現象を起こす者がいれば、魔力で創造した武器で戦う者もいる。

そして極稀に、魔力で魔物や魔獣を創造する者が存在する。その技能《スキル》は、〝超速収納〟と並ぶ超高難易度技能だ。

ハアァ――と、紅葉は大きなため息を吐く。

見ているだけでコチラのやる気も損なわれてしまいそうだが、紅葉はいつもこんな感じだ。

面倒なことが大嫌いで、それが露骨に態度に出る。だが、何かと文句をつけつつも支部長としての仕事をしっかりこなしてくれることを音無は知っている。

「厄介やわぁ。一応、王都の組合にもこのことは報告しておいてくれる？」

現在、イナリには多くの冒険者と狩人が滞在している。

報告にあった火炎竜も、悪質な狩人が絡んでいるのだと予想がつく。

そして、山岳都市イナリが開放されれば、イナリ社を狙って多くの狩人がやってくることも予測出来ていたことではあるが、ここまであからさまな行動を取る狩人など、音無達の知る限りではそう多くない。

更に、火炎竜の件にシファが絡んでいることで、音無は妙な胸騒ぎを覚えた。

「承知しました。紅葉様」

深くお辞儀をしてから、支部長室を後にした。

王都の組合に報告しろということは、紅葉は今回の件をかなり重く見ているのだと、音無は思う。と言うよりも、このイナリが再び封鎖されるようなことは絶対にあってはならないと考えているのだろう。

しかし、今の王都の冒険者組合はおそらく――

イナリ支部よりも大変な状況の筈だ。

◇◇◇

王都グランゼリアという大都市の冒険者組合では、連日様々な依頼書が発行され、多くの冒険者が依頼任務へと従事する。

そんな王都支部の組合員達は多忙であり、支部長を務めるカイゼルは更に忙しい。普段は支部長室に籠もりきりで様々な書類仕事をこなしているが、この日だけは受付のある一階へとやって来ている。

理由は単純。普段の仕事よりも重要な仕事があるからというだけだ。

組合にはいくつかの受付テーブルが存在しているが、中央のメイン受付にカイゼルが立っている。

別の受付テーブルでは普段通りの業務が組合員により進められているが、メイン受付にカイゼルが立っている光景は、はっきり言って奇妙な物。

更にその受付は、今日に限り特定の冒険者しか利用出来ないという状況が、何も知らずにやって来た冒険者達を余計に驚かせている。

（流石にこの依頼の受理を、他の組合員に任せる訳にもいかねーしな。っと、そろそろか）

他の受付では普段通りの日常が送られている中で、カイゼルの立つ受付だけが異様な雰囲気を醸し出していた。

――カラリン。と、組合の扉が開かれる。

「来たか」

組合にやって来た冒険者を見て、カイゼルはいよいよ始まるかと息をのむ。そして他の冒険者達はざわめき立つ。

そんな中で、冒険者は堂々とカイゼルの待つ受付までやって来た。

「〝超〟級冒険者、ユリナ・イグレインよ。指名依頼、竜種狂暴化の調査による招集に応じるわ」

〝超〟級冒険者、ユリナ・イグレイン。数多く存在する冒険者の中でも、一部の者のみが到達出来る等級の冒険者だ。カルディア冒険者訓練所にて、『教官』という一年間に及ぶ長期任務を終えて、本来の冒険者活動を再開している。

「あぁ。御苦労様」

差し出された依頼書を確認し、カイゼルはしっかりと依頼が受理されたことを伝える。

大陸各地で確認されている竜種狂暴化の調査。その指名依頼の招集の日が今日だ。

〝上〟級以上の冒険者の中で、更に選ばれた者にこの指名依頼が届いている。その任務についての説明会が今日、この王都《グランゼリア》で行われる段取りとなっている。

「お前さんが一番乗りだ。説明会は黒石離宮で行われる。この依頼書を離宮にいる王国騎士に見せれば通してもらえる手筈になっている」

「…………」

再び依頼書を手渡すと、受け取ったユリナは依頼書を見つめてからクスリと笑った。

「なるほど。今回の依頼者は相当な大物のようね」

カイゼルは苦笑を返すしか出来ない。

王国騎士団との共同の依頼任務。そして説明会の場所が王国の所有物である離宮で行われるとなれば、自ずと依頼者の正体は絞られる。

（分かっていてあの余裕の態度か。おっかない女だな）

組合から出ていく〝超〟級冒険者の背中を見ながら、カイゼルはそんなことを思う。

そして少しして、更に冒険者がやって来る。

カツ、カツと、スラリと伸びた長い足で真っ直ぐコチラに歩いてくる女性。

冒険者どころか、組合員までもがその姿をしっかりと目に焼き付けようと食い入るように視線を注いでいた。

「〝絶〟級冒険者、エヴァ・オウロラです。えっと、コチラの受付で良かったんですよね？」

「あぁ、構わないぞ」

〝絶〟級冒険者であり、歌い手でもある。『歌姫』と呼ばれる彼女のことを知らない者など、見つけるほうが難しい。

人気で言えば、『戦乙女』よりも上だ。

冒険者で最も忙しいと言われる彼女が、この依頼任務の招集に応じてくれたことは、良い意味で予想を裏切られたと言える。

彼女が参加する高難易度依頼任務は、負傷者が激減する。

「ロゼはまだ来ていませんか？」

小首を傾げる歌姫。あまりにも可愛い……と言うよりもあざとい。人に見られることに慣れている者ならではの所作は、支部長という地位に就くカイゼルであっても一瞬ドキリとさせられる。

「まだ来てないが……招集に応じなかった可能性もあるな」

「それはないです」

カイゼルの言葉をキッパリと否定する。

「〝絶〟級冒険者がこの手の依頼を断るのは有り得ません。ましてやロゼの場合は特にです」

組合から絶対的な信頼を勝ち取っている〝絶〟級冒険者には、確かにこの手の依頼を断り難いという面がある。

「とにかく、ロゼよりも私の方が早くに着いたと言うことですね？　なら良かったです。ロゼが来たら、私はもうとっくに着いて先に黒石離宮へ向かったと伝えておいて下さい」

「あ、あぁ」

『ふふふ』と愉快に笑いながらエヴァは去っていく。

どうしてそんなことをわざわざ伝えさせるのか、戦乙女と待ち合わせでもしていたのかとも思ったが、どうもそんな感じでもないように思えた。

暫く頭を捻ったが、明確な答を導き出すことは出来ない。

「〝絶〟級冒険者の考えることはよく分からん……」

そんな結論に至る。

「さて」

まだまだ今日は始まったばかり。招集されている冒険者は他にもやって来る。

カイゼルはもう一度気合いを入れ直すのだった。

◇◇◇

広大な王都の中心に聳える王宮を見上げながら、ユリナは黒石離宮を目指して歩く。

王宮から少し離れた位置にあるものの、庭園を通して王宮へと繋がっているため、簡単に離宮へ立ち入ることは不可能だ。

依頼書に記載されている城門を通り、離宮が存在する庭園を目指す。途中に点在する門を通るたびに依頼書の提示を求められたのが非常に鬱陶しいと感じたが、こればかりは仕方がない。

そして暫く道なりに進むと、黒石で造られた立派な建物が目に入ってきた。

黒石離宮で間違いない。

「冒険者だな。依頼書を拝見させてもらおう」

「どうぞ」

離宮の前で待ち構えていた王国騎士に、依頼書を手渡した。

「問題ない。招集に応じてくれたことには感謝する。ま、我々としては貴様等《冒険者》と協力することは不本意だがな」

ジロリと、ユリナは目の前の王国騎士である青年を睨みつける。

「あ、そう。流石、冒険者嫌いで有名な王国騎士団第二部隊の隊長さんね。言うことがいちいち子供じみていて嫌だわ」

「貴様……」

王国騎士団、第二部隊隊長であるロンデルも、負けじとユリナを睨み返す。

ユリナは、王国騎士のことを別段嫌っている訳ではないが、自分達《冒険者》のことを理由なく嫌っている者とは仲良く出来ない。

少なくとも、今回の依頼任務ではこの男とはあまり関わりがないことを祈るのみだ。

「はいはい」

とそこに、手を鳴らしながら二人へと近付いてくる女性の声が響く。

「ロンデル。後は私が代わるから、貴方は本部へ行って総団長を呼んで来てちょうだい」

見てみると、やって来たのは女騎士だった。

青みが差す髪を背中まで伸ばす美女。

「し、しかしレイナ、この場は私の……」

「団長命令よ。冒険者と問題を起こしそうなら、すぐに呼び戻すように言われているわ」

「ぐっ……」

女の言葉を受けて、ロンデルは渋々と去って行った。

そしてやれやれと、女はユリナへと視線を移す。

「カルディアの生誕祭ぶりね？　私は王国騎士団第一部隊のレイナ・ジオリアよ」

差し出された右手をユリナはしっかりと握り返す。

「えぇ。第一部隊の噂はよく聞いているわ。今回の合同任務、騎士団からは貴方が参加するということかしら？」

「私？　ふふ、残念。今回の合同任務は、王国騎士団から幾人か精鋭が選ばれているわ。勿論、私もその一人だけどね」

スッとレイナが体を少しずらすと、奥から歩いてくる何人かの王国騎士の姿がある。どうやらその全てが、王国騎士団第一部隊から選ばれた者のようだった。

「あとは、さっきのロンデルも今回の任務に参加することになっているわ。彼、ああ見えて実は優秀なのよ」

「そうは見えなかったけど……」

そしてどうやら、この離宮に続々と冒険者が集まってきていた。

背後に近付く気配に気付き後ろを振り向くと、コチラに向かって歩く、よく知った顔がある。

「ユリナ!!」

金色の髪を靡《なび》かせながら歩く女性を先頭にした、冒険者の集団。

その集団は、間違いなく選び抜かれた実力者達だ。並の冒険者がここに居合わせたら、間違いなく卒倒してしまうだろうなと、ユリナは苦笑する。

「どうやら、全員集まったようね。中へ入りましょうか」

レイナ達騎士団に連れられて、ユリナ達も離宮の中へと入っていく。

◇◇◇

離宮の中には豪華な椅子が並べられ、ソコへ冒険者と王国騎士に分かれて腰を下ろす。

王国騎士のレイナも、自分達と同じように腰を落ち着けていることから、今回の依頼任務についての説明を行うのはどうやら彼女ではないようだった。

となれば、説明を行う人物が間もなく登場するのだろうと、ユリナは静かに待つことにした。が――

「ちょっとロゼ！　本当は私のほうが早くに離宮に到着していた筈なんですからね！　貴方より随分早く、組合には顔を出していたんですから！」

突如声を荒らげる歌姫ことエヴァ。

ここは王族の持ち物である黒石離宮の中の筈だが、そんなことは、彼女達はあまり気にしていない様子だった。

「道に迷ってた癖に何言ってんの？　私が連れて来てあげなきゃまだ迷ってたよエヴァ」

「なっ……迷ってません！　ちょっと早くに着き過ぎるのもアレだから、買い物しようと思ってただけです！」

「迷ってたでしょ？　ってか、大事な依頼任務の前に買い物って何？　〝絶〟級冒険者失格じゃない？」

「は、はぁ？　貴方だって、鳳凰討伐の直前に弟のためとか言って買い物してたって聞きました！　絶級特権で冒険者集めた癖に！　馬鹿でしょ！　このブラコン！」

「ちょ、な、なんで知ってんの!?」

始まる口喧嘩。

騎士団の面々は何事だと言わんばかりに困惑しているが、冒険者達は平然としている。

彼女たちのことをよく知る彼等は、二人を集めるとこうなることを知っている。

「あの二人って、いつも喧嘩してますよね？　どうしてあんなに仲悪いんですか？」

そう訊ねて来たのは、近くに座る〝超〟級冒険者のセイラ・フォレスだ。

「似た者同士なんじゃないの？　すぐに疲れて止めるから、放っておきなさい」

「っていうか、説明はいつ始まるんですか……」

と、セイラが愚痴を零した時——離宮の扉が開き、新たに入ってくる人物があった。

「静かにしろ！　これより説明会を行う」

ロンデルだ。だが、彼はそう言いながら入ってきたかと思えば、すぐに扉の脇へとずれる。

そして軽くお辞儀をしながら、続いて入ってくる二人の女性を迎え入れた。

前を歩くのは騎士鎧を纏う女性。王国騎士で間違いない——

「……マジ？」

セイラが呆けた声を出している。

数名の冒険者も、同じように驚いているのが分かる。

彼等の前に現れたのは、背中まで伸びた蒼白い髪が特徴的な女性。肌は透き通るように白く、涼し気な碧眼は鋭くその場を一瞥する。たったそれだけの行為で、少し浮ついたこの場の雰囲気を即座に戒めた。

——王国騎士団総団長、クレア・イクシード。

「私初めて見ました。あれがルエルちゃんのお姉さんかぁ。に、似てる。ってか似すぎ！」

そして皆の意識は彼女の後に続くもう一人の女性に集中する。王国騎士団総団長にも驚かされるが、コチラの女性の登場のほうが衝撃は大きい。

やがて、二人は集まった王国騎士と冒険者の前まで堂々とした態度で歩を進めてきた。

即座に、王国騎士達は立ち上がろうとするが、そんな彼等を総団長クレアが冷たい瞳で制する。

「形式的な挨拶は不要です」

そして、総団長クレアの横に立つ女性が穏やかな口調で話し出す。

「私は、グランゼリア王国第一王女。グライシャ・エーデルヴァイスです。今回は私の依頼に応じて下さった冒険者の方々に感謝申し上げます」

◇◇◇

総団長クレアにより、今回の依頼任務の説明が始まった。

ユリナ達冒険者は黙って耳を傾ける。

「最近になって、大陸各地で狂暴化した竜種の目撃情報が相次いで報告されているわ。その目撃情報には、本来の竜種の生息分布から大きく外れた物も数多く存在している」

ここに集まった冒険者や王国騎士の中には、実際に狂暴化した竜種と遭遇した者も存在する。

この現状を軽視する者は存在しない。だからこそ、こうして招集に応じているのだ。

「竜種の狂暴化は過去に前例があり、その当時、暫くの期間を経て竜種の王——幻竜王《バハムート》が出現したわ」

勿論、今回もそうだという確証はない。

だかしかし、その可能性は充分にある。だから、早めの対策を講じるために王女が冒険者組合に依頼を出したということだ。

「大陸各地を調査するには、王国騎士だけでは人手が足りないわ。そこで、冒険者の方々にも協力をお願いしたいの」

　竜種は危険度が高い。

『人手が足りない』とは、竜種を調査するだけの実力を持つ個人の数が足りないということなのだと、ユリナは即座に理解した。

「幻竜王がどのようにして出現したのかは分かっていないけれど、竜種……得に上位の竜種については注意深く調査し、可能な限り討伐してもらいたい」

　総団長クレアは話を続ける。

　幻竜王がどのようにして誕生したのかは分からない。竜種が進化して竜王へと至るのか、はたまた竜王として新たに誕生したのか。

　ただ、どちらにせよ竜種の上位種は討伐することが望ましい。討伐することで、竜王の出現を阻止できる可能性があり、新たに竜王が誕生してしまったとしても、竜王の討伐に専念するためにも、厄介な竜種の数は減らしておくべきだからだと。

「どうかお願いします」

　王女が一歩前へと進み、口を開く。

「以前は、対応が遅れてしまったがために竜王と他の竜種により多大な被害が発生してしまいました。同じ過ちを繰り返さないためにも、王国騎士と冒険者の方々の力が必要です」

「当時の幻竜王の危険指定レベルは25と評価されているけれど、もし新たな竜王が出現したとしても、同じ評価であるとは限らないわ」

過去の幻竜王は、当時のローゼが討伐している。

だがしかし、その時どんな戦闘があったのか知る者は少ない。上位の冒険者とそれに関係する者、そしてほんの一部の王国騎士しか、詳しいことを知る者はいない。

ふと疑問に思ったのか、近くのセイラが小声でユリナに訊ねてくる。

「ユリナさん。幻竜王って、ロゼ姉さんが倒したんですよね？　ロゼ姉さんって今何歳なんですか？」

「……後で本人に聞いてみなさい」

そう答えるしか出来ない。

総団長クレアの言うように、新たな竜王が幻竜王以上に危険だとしたら、最悪手が付けられない可能性がある。

結局の所、今すぐにでも対処を始めておく必要があるということだ。

そして話は進み、冒険者と王国騎士がそれぞれ、目撃情報のある各地へと手分けして調査に当たることとなった。

しかし優先順位が存在する。目撃情報が多く、かつ高レベルな竜種が多く出現している場所には、より実力のある者を送り込むべきだからだ。

「まず最も目撃情報が多く、危険な竜種も出現しているのは、王都外れのグラム平原よ。ここには〝絶〟級冒険者ローゼ・アライオン、そして王国騎士レイナに向かってもらうわ」

誰からも文句は出ない。

ローゼの実力を疑う者は冒険者の中には存在せず、王国騎士団総団長の言葉に異議を唱える者も、騎士団の中には存在しないからだ。

こうして、順番に冒険者と王国騎士の配置が決まっていく。

「そして三番目に危険だと考えられているのが、山岳都市――イナリよ」

「――？」

――山岳都市イナリという単語が出ると、ピクリと一瞬、ユリナの視界の端に映るローゼの肩が震えたように見えた。

「狂暴化した翼竜の目撃情報が最も多いのがこのイナリ。更に冒険者組合からの報告によれば、危険な狩人ギルドの構成員も、この騒ぎに乗じて何かを企てている可能性があるとのことよ」

当然、竜種の調査を行う過程で、この狩人達と接触してしまう可能性がある。となれば、やはりこのイナリの調査もそれなりの実力を有している者に向かってもらわなければならない。

ユリナの見立てでは、このイナリの優先順位は、高過ぎず低過ぎずと言った所だ。

総団長クレアが言う三番目とは、妥当な評価のように思えた。

「このイナリには〝超〟級冒険者の――」

総団長クレアの視線が、ユリナの所へと移動するが――

「私が行きます」

ここまで全員、総団長クレアの話を黙って聞いていたにもかかわらず、自ら名乗り出る者が現れた。

ユリナは、よく知る声の主を一応確認する。

立ち上がっていたのはやはり、〝絶〟級冒険者のローゼだった。

（ど、どうしたのよロゼ）

総団長クレアの話を聞いた限り、わざわざローゼが出張る程の所ではない。既に決められたように、集まった冒険者の中で最も実力のあるローゼには、やはり一番危険だと疑われる場所に行ってもらうのが正しい。

皆同じように思っているのか、困惑していた。

しかしすぐにユリナは思い至る。

ローゼがこのようにおかしな行動に出る時は大概、愛する弟を想ってのことなのだと。

「〝絶〟級冒険者ローゼ。貴方には貴方に適した場所に向かってもらわなければ困るわ。いくら貴方でも、今回ばかりは私の言うことを聞いて欲しいわね」

ローゼの鋭い視線を浴びても、総団長のクレアは全く動じない。それどころか、更に厳しい視線をローゼに浴びせている。

「イナリへは私が行きます」

「却下します。今回の依頼任務については、個人のわがままに付き合う程の余裕はないわ」

「…………」

しかしローゼは立ったまま。それはつまり、このわがままを押し通そうとしているということ。

出来れば、今回ばかりはローゼには折れてもらいたいものだと、ユリナは内心で思う。相手が悪過ぎるのだ。

「まぁまぁ、クレア。理由くらい聞いてからでも良いのではないですか？　こうして私の依頼《願い》を聞き入れて集まって下さったのですから」

「……理由を聞かせてもらえる？」

王女に促されて、総団長クレアがローゼに問いかけた。

「大切な人が今、イナリにいます。それだけです」

「大切な人……恋人ですか？」

ローゼの言葉に興味を引かれたらしく、総団長ではなく王女が訊ねた。

「ちょっとロゼ！　もう良いでしょ？」

これ以上ローゼに喋らせては不味いと、ユリナが堪らず立ち上がり声を上げるが、返ってきたのはローゼの鋭い視線のみだった。

「…………」

何を言っても無駄。

そう悟ったユリナはグッと拳を握り締めて、また腰を下ろす。

まさかこんな所で、心配していたことが起ころうとは思ってもみなかった。

冒険者最強と言われている『戦乙女』に弱点があるのか？　と聞かれれば彼女のことを知る者達は『ない』と即答する。

だがしかし、彼女のことをよりよく知る者達は知っている。『戦乙女』に弱点は存在する。しかも、絶対的な効果を持つ弱点が。上手く利用すれば、あの『戦乙女』を意のままに動かすことも可能な程の弱点だ。

とは言え、その弱点を知った所でどうしようもない。それほどまでに『戦乙女』は強いのだから。

――しかし、王女は話が別だ。

「恋人ではありません、弟です。出来れば、大切な弟の近くで仕事がしたいので、私の配置はどうかイナリにして下さい」

「弟……家族ですか。それはとても大事なことですね。クレア？　この場に集まってくれた方々は皆が素晴らしい実力を秘めた方達だと伺っております。ならば、多少の配置換えは問題ないのではないですか？」

「………………」

「それに、グラム平原は王都の外れ、多少の融通は効く筈です。そして何より貴方《クレア》は王都から離れないのですから、いざという時は貴方が向かえば良いのでしょう？」

「私は、いざという時も王都を護るために、ここを離れる訳にいきません」

「でも貴方なら、王都を護りながら危険な竜種を討伐することも可能でしょう？」

ハァ――と、総団長クレアは軽く息を吐いた。

どうやら結論は出たらしい。

「では、グラム平原には〝超〟級冒険者のユリナ・イグレイン。そして山岳都市イナリには、〝絶〟級冒険者のローゼ・アライオンに向かってもらいます」

「ありがとうございます。グライシャ殿下」

ローゼはその場で大きく腰を折る。

「お気になさらなくて宜しいのですよ」

王女はにっこりと、優しい笑みをローゼに返す。そして続けて、口にする。

「ですが、貴方程の方がそこまで大切に思っている弟の名を……是非とも聞かせて欲しいものです」

最早、ユリナに口を挟むことは出来ない。

ローゼの願いを聞き入れてくれた王女の会話を邪魔するなど、出来る筈がない。

王女がローゼの弟の名を知ることで、何がどうなるのかは分からない。ただの興味本位で訊ねているようにしか見えない。だがしかし、妙に胸がざわついてしまうのは――

――ローゼの弟、シファ・アライオンは、自分にとっても既に弱点になってしまっているからなのだと、今になって気付いた。

「弟の名前は――」

ローゼが、嘘偽りなく弟の名を口にするのを、ユリナはただ黙って、聞いていた。

＃39　ざわつくイナリ山

　イナリの朝は凄く気持ちが良い。

　街の奥に聳える巨大なイナリ山と、街の風景に何の違和感もなく溶け込んでいる緑の木々や桜を見ていると、なんだか空気が美味しく感じてしまう。

「すぅ……はぁ」

　大きく息を吸って吐く。

「はぁ、美味しい気がする」

　自然の香りって、どうしてこんなに美味しい気がするんだろうか。カルディアの山脈の空気とはまた違う香りが、とても新鮮に思えてくる。

「何やってんだか。ほら、さっさと行くわよ」

　俺達が世話になっている『風鈴亭』からようやく出てきたルエル。

　全身を使っての深呼吸をどうやら見られてしまったようで、呆れ顔を向けられた。

　イナリに滞在して今日で五日目。

　今から、玉藻前の様子を見にイナリ山まで向かう予定だ。イナリ社は自力で見つけることは不可能らしいが、俺達がイナリ山のある程度の所まで行けば玉藻前が招き入れてくれるらしい。

本当はもっと早くに訪れるつもりだったんだが、ルエルの提案で少し遅らせることになった。

「どうしたの？」

イナリ社、そして玉藻前を狙っている冒険者や狩人は多い。それはこれまで実際に見聞きしてきたことだ。蓮華亭や風鈴亭でイナリ社や玉藻前について話している人間を何度も見てきたからな。

ルエルは、あの〝上〟級冒険者ラキアもそのうちの一人だと思っているようだ。玉藻前のことを探るつもりでラキアはあの日、俺達に近付いて来たと疑っている。

他の冒険者のことを身を挺して護って見せたラキアのことを、一度は信用したルエルだが……終わってみればやっぱり完全には信用出来なかったらしい。

「いや別に。でも流石にラキアが俺達のことを尾行するなんてことはないだろ、いくらなんでも」

「念のためよ。勘違いなら、それに越したことはないわ」

「そもそも、俺達と玉藻前の関係を知ってる奴なんて限られてるだろ」

「冒険者や狩人の情報網を甘く見ない方が良いわ。第一、カルディア高森林に玉藻前が潜伏していたことは冒険者組合が実際に公表しているんだから、カルディア方面からやって来た私達を探ろうとする者が現れても不思議じゃないわ」

「ふむ……」

そう言われると確かにその通りかも知れない。

イナリ山をどれだけ探してもイナリ社は見つからない。当然だ。玉藻前が帰ってきたことで更に強力になった幻術は、完璧にイナリ社を隠している。

ならばと、イナリ山ではなく玉藻前と何かしらの関係を持っていそうな俺達《人間》のことを探ろうとしている奴がいるかも知れないってことか。

「え、だったら俺達がイナリ山に行くのは良くないんじゃ？」

「だからそう言ってるでしょ？　後をつけられていたらイナリ社の場所が知られてしまうって。玉藻前に会いに行くのなら、慎重に山を進む必要があるわ」

俺達が山まで行ったら、玉藻前は喜んで出てきそうだもんな。幻術についてはよく分からないけど、俺達がイナリ社に招かれた所を他の誰かに見られたら……流石に不味いか。

「とは言え、今の所私達の周りに怪しい気配はないし、考え過ぎなのかも知れないわね。ラキアさんのことはやっぱり信用出来ないけど」

まだ早朝ということもあってか、人の姿はあまり多くない。

妙な視線があれば、流石に気付く。

「玉藻前の様子も気になるし、周囲の気配には注意しながらイナリ山に向かいましょう」

「あぁ」

◇◇◇

イナリ社へは、簡単にたどり着くことが出来た。

たどり着いたと言っても、玉藻前が俺達を招き入れたと表現した方が正しいのかも知れない。

イナリ山に入りある程度進んだ所で、いつの間にか目の前の景色がイナリ社の物へと変わっていたのだ。

他の誰かに見られた心配もなさそうで、俺達は無事……玉藻前の所まで再びやって来れたと言える。

——のだが。

「な、何してるんだ？　玉藻前」

「…………」

玉藻前が俺達を出迎えてくれた。

別にそれほど長い間離れていた訳でもないから得に心配はしていなかったが、こうして元気な玉藻前の姿を見ると安心してしまうのも確かだ。

だけど何故か、玉藻前は土下座をして俺達を出迎えてくれているのだ。

「す、済まぬ！　まだお主らに渡す報酬が決まっておらんのじゃ！」

どうやら玉藻前は少し勘違いをしてしまっている様子だ。

持ってくると言われている俺達への報酬を、催促しに来たとでも思ってるんだろう。

「そ、そんなこと良いって！　ただお前の様子を見に来ただけだから！」

「そうよ玉藻前。顔を上げてちょうだい」

項垂《うなだ》れていた狐耳と尻尾がピクリと反応する。

ホント、感情が隠せない奴だ。

「ほ、本当か!?　我にただ、会いに来ただけだと？」

「そうだぞ」

「……………」

やたらと嬉しそうな表情。尻尾の動きは言わずもがなだ。

「とにかく、こんなところで話すのもなんだし、お邪魔して良いか？」

「勿論じゃ！」

シュバッと立ち上がった玉藻前に案内されて、俺達は再び社の中へとお邪魔することにした。

◇◇◇

玉藻前と三人で、四角い机を囲む形で腰を下ろす。

そして目の前には、玉藻前が用意してくれた緑色の飲み物らしい液体。

「この前は、お茶を用意することも出来なかったのでな。今回はしっかりとおもてなしさせてもらうのじゃ」

「これ、飲めるのか？　薬じゃないのか？」

まるで草を溶かしたような色だ。

体に異常が発生した時に薬草を溶かして飲むことがあるが、玉藻前が用意してくれたコレはそれに似てる。

　ばっちり健康状態の今だと、ちょっと飲むことに抵抗を感じてしまうぞ。

「薬ではないわ！　ちゃんとした飲み物でな、それはもう美味しいのじゃよ」

　そうは見えないが……と、訝しげな視線を向けることしか出来ない。すると——

　——ズズズ。と、横から飲み物を啜るような音が聞こえてきた。

「美味しい……これがイナリ名物の抹茶という飲み物ね」

「え、ルエル知ってんのか？」

「えぇ、コレに載っていたわ」

　ルエルが自慢気に見せてくる冊子。

　これは、イナリが開放される前に立ち寄った宿酒場、『蓮華亭』で実はルエルが買っていた『イナリ攻略本』！

「抹茶……」

　そう言えば、俺達の泊まっている宿のメニューにも『抹茶』という文字があったな。得体が知れないから避けていたんだが、それがコレか。

　そういうことならと、俺も抹茶へと手を伸ばす。

　グイッと口の中に含み、飲み込んだ。

　ほんの少しの甘さと、上品というか渋い苦みが口いっぱいに広がる。かと思えば、飲み込んだ後には爽やかな風味に満たされ、喉が潤った。

「……美味い」

なんだコレ。珈琲とも紅茶とも違う美味さだ。

何杯でも飲めそうな気がする。

「じゃろう？　おかわりもあるので、言ってくれればいつでも点《た》ててやるのじゃよ」

俺達は少しのあいだ、抹茶の味を楽しみつつゆったりとした時間を過ごすことにした。

イナリ社へと帰ってこれたこともあってか、玉藻前は以前にも増してよく話すようになった。

ちょっとした感情の変化で尻尾が動いてしまうのも、これまでと比べて激しくなっている気がする。

自分の家が一番安心するのは、誰でも一緒ということだ。

とは言え、玉藻前やこのイナリ社を狙っている冒険者や狩人が多いのも事実。俺達はそのことについても、しっかりと玉藻前に話しておくことにした。

「うむ。この場所や我を狙っている人間が多いのは知っておるよ。昔からそうだった」

ほんの少しだけ、玉藻前の表情に影が差したような気がした。

「イナリ社を探して、山を荒らそうとする者がいたのは事実。あまりにも目に余る人間は……」

おそらく、殺してしまったこともあるのだろう。

そう言った事情もあって、玉藻前の危険指定レベルは18に定められてしまっているのかも知れない。

今日まで玉藻前と過ごして分かったのは、コイツは好きで人を殺した訳ではないということだ。

いつか姉にも言っていた、『護るために殺す』と。

出来ればもう、玉藻前にはずっとこのイナリ社で平穏に暮らしておいてほしいものだ。そしてたまに俺達が様子を見に来て、こうやって楽しくお喋りするくらいが丁度良いように思える。

でも無理だ。このイナリ社と、玉藻前を狙う冒険者と狩人が存在してしまっている以上は。

勿論、玉藻前がイナリ社から一歩も出なければ見つかることはないんだろうが、それはあまりにも気の毒に思える。

そもそも、玉藻前が危険指定種に定められてしまっている以上、玉藻前の安全を保証することなんて出来ないんだ。

――どうしたものか。

そう頭を捻っていると、俺の考えを読んだのか、ルエルが口を開く。

「シファ。『友好指定種』って知ってる？」

「ゆうこう？　なんだそれ」

「魔物や魔獣に定められる区分よ。『危険指定種』があるように、その逆の『友好指定種』という物が存在するのよ」

危険指定種は聞き慣れているが、友好指定種は初耳だ。

だけど、その名前から察するに……。

「『友好指定種』に定められた魔物は、その討伐行為が全面的に禁止されるのよ。勿論、コレは狩人に対しての強制力はないけれど、『友好指定種』となった魔物を狙う狩人は激減する筈よ。冒険者組合を敵に回しても、良いことなんて一つもないんだから」

「じゃぁ、玉藻前をその友好指定種にしてもらえば、玉藻前も隠れる必要もないし、もしかしたらイナリ社だって組合に守ってもらえるんじゃないのか？」

「その通りよ。ただ――」

「ただ？」

「『友好指定種』へと定められる条件は、非常に厳しいと聞いたことがあるわ。私達で申請することも可能だけれど、そもそも申請書を提出するためには〝絶〟級冒険者と、〝超〟級冒険者二名以上の捺印が必要なのよ」

それらの捺印を揃えて初めて、申請書を提出することが可能になるらしい。そして各支部長が検討するという流れのようだ。

〝絶〟級冒険者に、〝超〟級冒険者か……これは確かに難しい。だって俺達はまだ〝初〟級冒険者になったばかりの新米だ。そんなツテなんて……。っておい。

「いや行けるじゃん！　俺の姉〝絶〟級冒険者だし、教官とリーネのお姉さんは〝超〟級冒険者だし……しかもみんな玉藻前のことはよく分かってるだろ」

「――ッ!?」

どうやら、ほんとにルエルの奴気付いてなかったみたいだ。

しっかりしてるように見えて、以外と抜けてる所が多い奴だ。

「え、えっと……」

そして玉藻前は、俺達の話にあまりついて来れていない。

あたふたしてる所が妙に可愛いな。

「とにかく、早速その申請書とやらを貰いに行こう。組合で貰えるんだろ？」

「ええそうよ！　貰うだけなら、すべての支部で貰える筈よ」

となれば、後は姉と教官とリーネのお姉さんの捺印だ。

「あ……」

大事なことを忘れていた。

「どうしたの？」

「ロゼ姉が今どこにいるのか分からない」

そうだ。

妙な書き置きを残したきりで、何処に行ったのかは一切聞かされていない。

「それなら心配ないわ。ロゼ姉さんのことだから、どうせ何かの指名依頼を受けているに違いないわ。私ならともかく、実の弟の貴方が聞けば、組合はきっと教えてくれる筈よ」

「そ、そうか……」

ホッと胸を撫で下ろす。

とにかく善は急げだ。

「お、お主ら、もう行ってしまうのか？」

ちょっと急な話だったからか、玉藻前がションボリしてしまっている。

もうちょっとゆっくりしたかったけど、玉藻前とも充分話せたしな。

それに、大事な用事も出来てしまった。

「玉藻前、報酬の件はゆっくり考えてくれて良いからな」

「う、うむ」

そう言いながら歩き出す俺達に、少しションボリした玉藻前がついてくる。

社から出て、このまま暫く真っ直ぐ歩くと……また景色はイナリ山の森の中へと変わる筈だ。

そのまま歩き出そうとするが――

「ま、待つのじゃ二人とも！」

玉藻前が慌てて引き止める。

「どうした？　またそのうち会えるぞ？」

玉藻前は寂しがりやだからな、なんて思ったが……どうやらそんな雰囲気ではない。

「外が……何やら騒がしい」

「…………」

ルエルと顔を見合わせる。

外とは――おそらくイナリ山のことだ。もしかしたら、イナリ社を狙っている冒険者か狩人が、何か行動を起こしているのかも知れない。

「いいか、玉藻前は外に出てこないでくれよ？」

今の玉藻前が人を傷つける姿は想像出来ない。

もし、玉藻前を狙う者が現れて、戦闘になったとしても防戦一方になってしまうに違いない。良くて逃げるか隠れると言ったところだ。

ならば、このままイナリ社の中に隠れておいてもらったほうが絶対に良い。

少なくとも、『友好指定種』に定められるまでは、だ。

「とにかく行こう」

「えぇ」

「き、気をつけるのじゃぞ！」

俺達は走ってイナリ社を後にした。

すると、景色はいつの間にか、イナリ山の物へと変わっていた。

◇◇◇

「な、何がどうなってる？」

「…………」

自然と足が止まっていた。

これまでに何度か見たイナリ山の景色。

今朝もここを通ってやって来た。なのに――

「――ッ!!」

「──ォォッ！」

　そこら中から聞こえる、翼竜の咆哮にも似た叫び声。

　状況が一変している。

「どういう状況だよ、コレ！」

「わ、分からないわ！　何がなんだか！」

　一体や二体じゃない。

　そこら中からだ、あちこちから竜種の物と言われる叫び声が聞こえる。

「──オオオオ!!」

「シファッ！」

　そこに一体、大きな口を広げた翼竜が突っ込んで来た。木々を薙ぎ倒しながら、無我夢中と言った様子だ。

「クソッ！」

　訳も分からないまま、収納魔法で武器を取り出そうとしたが。

　──キィン。という鋭い斬撃音が響いたかと思えば、翼竜の首に一筋の線が走り、ズルリと首が落ちた。

　そして、どこからともなく飛来してきた人物が俺達のすぐ近くに着地した。

「って、音無さん!?」

　音無さんだ。ただ着物は乱れ、少し疲れたように見える。

「っ、シファ様。現在イナリ山は、突如大挙してやって来た翼竜に襲われています！　翼竜の街への進出を防ぐため、既に多くの冒険者達で応戦していますが、あまり良い状況ではありません」

かなり走り回ったのだろう。汗だくになり、呼吸を整えるのもままならないまま、音無さんは話す。

「どうか、力をお貸し下さい」

そんなの、頼まれるまでもない。

玉藻前がいるこのイナリ山が、そんな状況になってしまっているのを放っておける筈がない。

「勿論です！」

「っ！　ありがとうシファく……こほん。ですが、翼竜の中に、魔法により創造された上位の竜種が交ざっております。おそらく、それらの竜種に誘導されて、翼竜がやって来たのだと思われます」

「魔法で創造された……竜種」

「はい」

「つまり、この状況は……誰かが意図的に作り出したってことですか？」

「その可能性は極めて高いと思われます」

「シファ、あの時の火炎竜……」

あの不思議な火炎竜。あれも、魔法で創り出された物だってことか？

「とにかく考えるのは後だ、今は翼竜を倒そう！」

「お気をつけ下さい！　魔法により創造される魔物は、突如として現れます。使用者の魔力が尽きるか、意識を奪うかしなければ何度でも現れます」

つまり、魔法を使ってる奴を何とかしないと駄目ってことだろ。

それは分かったけど、実際に存在する翼竜も何とかしないと駄目だ。なら今は、その魔法で創られた竜種に気を付けながら翼竜を討伐するしかない。

「とにかく行くぞ、ルエル！」

「えぇ！」

俺達は、翼竜の声がする方へと走った。

#40　兄と妹

大通りの一等地に存在する『蓮華亭』から、二人の狩人が姿を現した。

多くの人が行き交う大通りで、ガレスは奥に聳えるイナリ山を睨みつける。

「兄さん、今日……ですよね？　あの人が言っていたのは」

すぐ隣に立つフィリスは、探るように訊ねる。

「あぁ。あの女《ラキア》の話じゃ、今日イナリ山で騒動が起こる。奴の話によれば、玉藻前をあぶり出すっつー話だぜ」

「行くん……ですよね？　私達も」

「勿論だ。そのために俺達はイナリまでやって来たんだからな」

何の躊躇も不安もない表情で兄は答えるが、フィリスの胸の内は少し複雑だった。

狩人は、常に情報を集める努力を惜しまない。狩人同士の情報交換は盛んに行われているし、自分達も例外ではない。

ラキアという名の狩人と情報交換をする中で、玉藻前はやはりイナリ山に帰って来ているという事実と、彼女達が今日イナリ山で〝ある行動〟を起こすということを知った。

だが同じ狩人であっても、ラキアという人物はどこか信用出来ない所がある。更に、危険指定レベル18の妖獣玉藻前を敢えて誘い出すと言うのだから、正直まともな神経とは思えない。

「大丈夫だよ、心配すんな。玉藻前とはまともにやり合うつもりはねーし、いざとなりゃ逃げれば良いんだ。俺達は……混乱に乗じてイナリ社を見つけ出し、宝だけ奪ってトンズラだよ」

現状、イナリ社を見つける術はない。最早存在しないとまで思えてしまうのは、やはり玉藻前が帰って来ていたからだ。

だが、イナリ山の状況が変わり玉藻前が姿を現せば、イナリ社が見つかる可能性は充分にある。

そして、ラキアが行動を起こすと言った以上、今日を逃せばイナリ社の宝を彼女に持っていかれてしまうのも明白だった。そんなことはフィリスにだって分かる。

「奴がどんな方法で玉藻前をおびき出すのかは知らねーが、俺達はただ、いつも通りやれば良いのさ」

いつも通り悪そうな笑顔を浮かべて見せる兄。

大好きな悪い笑顔だ。この笑顔を見ると、不思議と安心感に包まれてしまう。

「……分かりました。行きましょう兄さん」

フィリスは、兄と共にイナリ山へと足を踏み入れる。

◇◇◇

今日のイナリ山も、多くの冒険者と狩人が訪れていた。皆、この山に生息している魔物や魔獣を討伐しつつイナリ社を探しているように見える。ただ、その多くは既にイナリ社を探すことにそれほどに注力していないようだった。

どれだけ必死に探しても見つからないのだから、次第にやる気も失せてくるのだろう。しかし、イナリ山には多くの魔物や魔獣が生息し、薬草などの素材も豊富なために無駄足になることは決してない。

「特に、まだ何かが起こったようには見えませんね」

「そうだな。俺達もいつも通り、魔物や魔獣の部位を集めつつ進むか。周囲の動きには注意しつつな」

「はい！」

特にこれといった変化は何も見られない。玉藻前をおびき出すという話が本当なら、それなりの騒ぎが起こることが予想出来る。

とは言え、玉藻前を見たこともないフィリスには、どれ程のことが起これば玉藻前が姿を現すのかも分からないのだが……。

（玉藻前……どんな化け物なんでしょうか）

危険指定レベル18というだけで、どれ程醜悪な化け物なのかと想像してしまう。

竜種の上位種よりも高レベルな妖獣。噂によると複数の尻尾を持つ狐の化け物という話だ。

（ひぇっ……）

あまりにも恐ろしくて、想像するのは止めた。

「止まれフィリス」

「――？」

すると、前を歩く兄が唐突に足を止める。

フィリスも、兄に促されるままに木陰へと身を潜めた。

兄がジッと見つめる先に視線を向けてみると、向こう側に人影があるのが見えた。

「ふざけんじゃねぇ！　コイツは俺が仕留めたんだ！　討伐部位は俺がいただく！」

「何だとテメェ！　先に見つけたのは俺だろうが！　ソレをお前が横から出てきて文字通り横取りしただけだろうが！」

二人の男が何やら口論している。

よく見ると、男達の間に魔獣の死体が転がっていた。毒毒しい体毛に覆われた巨大な鳥型の魔獣――コカトリスだ。しかも、普通の個体よりも大きいように見える。

二人の男は、あのコカトリスの討伐部位をどちらが持って帰るかで揉めているようだ。

「ありゃもう一人の方は狩人だな」

他人の獲物を奪うのは、狩人の常套手段でもある。

おそらく冒険者がコカトリスと戦っている途中、あの狩人が横から出てきたという構図だろう。

兄のガレスは、やれやれと悪い笑みを浮かべながら、収納から二本の長槍を取り出した。

馬鹿な二人だ。と、フィリスも呆れながら視線を二人へと戻す。

気付いていないのだ。魔物や魔獣が多く生息するイナリ山のど真ん中で、あれだけ大きな声で口論していては余計な物を呼び寄せてしまうことになると。

「テメェ狩人だろ！　他人の獲物ばっかり狙うハイエナ野郎が！」

「だったら何だ？　お前こそ、俺が出てこなきゃ今頃おっ死んでたかも知れねえ癖になぁ？」

「なんだとぉ！」

尚も大きな声で口論を続ける二人。

特に気配を殺すこともなく二人のことを観察しているフィリス達に気付かないことから、周囲のことを全く警戒していないのだと分かる。

――ガサッ
二人の男のすぐ後ろの草が、大きく揺れた。

「あ？」

「ん？」

流石に違和感に気付き、二人の男が振り向いた。

しかし――遅かった。

「――――ォアアアッ！」

飛び出して来たのは、大きな熊のような魔獣。危険指定レベル5の、巨大熊《ジャイアントベア》だった。

鋭い牙と爪、そしてとてつもない顎の力は凶悪だが、冷静に対処すればそれほど危険な相手ではない。しかし、完全に油断していた二人にとっては、さぞかし恐ろしい怪物に見えただろう。

「ひっ――」

突如現れた巨大熊に、二人は身動きが取れない。

「伏せろっ!!」

そこに、兄のガレスが一喝する。

二人はその声になんとか反応したのか、それとも単に腰を抜かしただけなのか、糸が切れたようにその場にしゃがみ込んだ。

――ヒュンッと、二人の頭上を長槍が通り抜ける。そして、ズシャリと巨大熊の胸へと突き立った。

「――――アァ!!」

悶え苦しむ巨大熊。

すかさず、兄のガレスは巨大熊へと駆け、勢い良くもう片方の長槍を巨大熊の太い喉目掛けて突き出した。

すると巨大熊は、ビクンッと体を一瞬跳ねさせたかと思えば、そのまま力なく倒れ伏した。

「ハッ、雑魚が」

突き立ったままの長槍を引き抜き、ソコで座り込んだ二人の男へと視線を向けるガレス。

「チッ、何見てんだコラ。コレは俺がぶっ殺した獲物だ、お前らはお前らで勝手にやってろや」

口をパクパクさせながら、二人の男はブンブンと顔を縦に振っていた。

巨大熊の口から大きな牙と両手の鋭い爪。そして尻尾を回収し、ガレスは再びフィリスの所へと戻ってきた。

「行くぞフィリス」

「はい！」

再び、山の奥へと足を運ぶ。

◇◇◇

山奥までやって来たところで、異変は何の前触れもなくやって来た。

最初に気付いたのは兄のガレスだった。持ち前の勘の鋭さで、僅かな違和感に気付いたのだ。

「ま、まてフィリス！」

「――？」

兄の言葉に、当然フィリスは従う。

また何かを見つけたのかとも思ったが、身を隠すことも動くこともなくその場で固まる兄を見て、まだ明確に何かを見つけた訳ではないと悟った。

耳を澄まし、眉間にしわを寄せて険しい表情を作っている。何かを探っている様子だった。

「――――」

「――？」

フィリスの耳に、何かが聞こえた。

次第に、兄の顔が青ざめていくのが分かった。

「おいおい、何の冗談だよコリャ」

「に、兄さん？」

ただ事ではなさそうな兄の言葉。

「フィリス、イナリ社は諦める。今すぐ山から降りるぞ」

「――え？　は、はい！」

走り出す兄に、フィリスは慌ててついていく。

「兄さんいったい何が……」

未だ山には変化がない。

だが、フィリスにも聞こえた先程の妙な声。

何かが起ころうとしているのは間違いない。となれば、ラキアという狩人が玉藻前を誘い出すために、何か行動を起こしたということだ。

フィリス達はもともと、ソレを利用してイナリ社の宝を狙っていた筈だ、なのにどうして逃げるのか。訊ねずにはいられなかった。

「竜種だ」

「――え？」

「とんでもねぇ数の竜種がイナリ山に近付いてる。流石に無理だ」

「そ、そんな。ラキアさんが竜種を連れて来たってことですか？」

「どんな手を使ったかは知らねーが、そういうことだろ。クソッ！　あの女、限度ってもんがあるだろーが！」

二人は走る。

竜種の最低レベルの翼竜ですら危険指定レベルは7だ。一体だけなら何の苦にもなりはしないが、一度に複数を相手にするのは危険だ。

ガレスが察知した竜種の数は、とても数え切れる程の物ではなかった。迷うことなく、イナリ社を諦めるという選択に至った。

「とにかく今ならまだギリギリ間に合う筈だ。さっさとイナリから――」

瞬間、自分達の頭上を何かが通り過ぎた気がした。

そして、僅かな地響きと共に、行く手を遮るようにして勢いよく降り立った何か。

「――」

小さな威嚇の咆哮が聞こえた。

竜種にしては小柄。しかし竜種。灰色の表皮と、複数の鋭い翼は空を縦横無尽に駆け回るための物。

危険指定レベル13、音速竜だ。

「ふざけんじゃねぇぞこんな所で！　フィリス！　速攻で片付けんぞ！」

「はい！」

二人は即座に、収納から武器を取り出した。

◇◇◇

「はぁぁぁ!!」

――ズドンと、フィリスが両手で振り下ろした巨大な斧が音速竜の命を断った。

「はぁ、はぁ、はぁ」

「っ大丈夫かフィリス」

「っ……はい、これくらい何ともありません」

音速竜の動きはとても素早い。空を飛行する時の最高速度は音の速さにも迫ると言われている。

並大抵の反射神経では音速竜の動きについて行くことは難しいが、兄が音速竜の動きを牽制することのみに集中し、妹のフィリスが一撃必殺を叩き込むことで、何とか討伐することに成功した。

「思ったより時間くっちまったな、急ぐぞ」

既に何体かの竜種が山に入って来ている。

これ以上数が増えてしまうと、山を降りることですら命懸けになってしまう。

「ガレスにフィリスちゃーん。そんな寂しいこと言わないでよー」

再び足を動かそうとした時、背後から聞き覚えのある声がした。

「ラキア……てめぇ」

「兄さん……」

狩人のラキアだった。

互いに情報を交換し合った仲。だと言うのに、兄の表情は怒りに満ちた物だ。

「てめぇ、こりゃ一体どういうつもりだ？　いくらなんでもやり過ぎだろうがぁ!!」

可愛らしい表情を浮かべるラキアに詰め寄る兄。相手が女性であることなどお構いなしに胸ぐらを摑み上げた。

「あはっ！　そんな怒ること？　二人も私が起こした騒ぎを利用しようとしてたんでしょ？　すればいいじゃん。イナリ社の宝は譲ってあげるからさっ」

「限度ってもんがあんだろーが！　すぐソコには街もあんだろ！」

勢いよくまくしたてる兄だが、ラキアには何一つこたえた様子がない。変わらず、妙な可愛らしい笑みを浮かべているだけだ。

「大丈夫だよ。イナリ山に人が残ってる限りは竜種が街に行くことはないと思うよ？　あーでも、何体かは街の方へ間違えていっちゃう可能性もあるかも知れないね」

フィリスには、ラキアの言っていることが何一つ理解出来ない。

現在、イナリ山には多くの冒険者や狩人が入っている。ラキアはその人達のことも、更には街の住人の命さえも何とも思っていないようにも取れる言動だ。

「だいたい、そんなことして本当に玉藻前が出てくんのか！」

「知らないよ。確実に玉藻前を誘い出すには、その前にもう一人おびき出さないと駄目なんだよね」

そして、ラキアは視線を上へと移した。

「それより良いの？　私なんかと楽しくお喋りしててさ。逃げようとしてたんでしょ？」

「てめぇ……」

「兄さん!!」

異常な気配を察知して、フィリスが叫ぶ。

今にも手を出しそうな兄を咎《とが》めようとしたのではない。巨大な影が空から複数近付いていたからだ。

そしてまた、その影は大きな地響きと共に降り立った。

数体の翼竜と、その中に交ざる上位の竜種。

いつの間にか三人は竜種に取り囲まれていた。

「ほらほら、私に構ってばっかりいると食べられちゃうんじゃない？」

しかし何故か、竜種が敵意剝き出しの瞳を向けてくるのはガレスとフィリスの二人だけだ。

「ごめんねぇ。私達のギルドには、魔獣を魔力で多少操れる仲間がいるんだよねー。しかも狂暴化してるから、かなり操り易いらしいよ。あっはは！　超サイコーでしょ？」

「てめぇ、マジで後でぶっ殺してやるからな」

「怖っ、それじゃぁ頑張ってね。生きてたらまたギルドに誘ってあげるからさっ！　じゃーね、フィリスちゃんっ」

そう言って、ラキアは何処かに消えた。

フィリスも、本当は頬を引っ叩《ぱた》いてやりたい気分だが、今はそんなことを言っている場合ではない。

竜種に囲まれてしまった。とにかく、この場を何とかして脱出することだけを考えるべきだ。

ギュッと、大斧を握る両手に力を込める。

この幻竜王《バハムート》の大斧なら、攻撃を当てることさえ出来れば、目の前の竜種も倒すことが出来る筈。

大丈夫。これまでだって、どんな危険な状況でも兄と一緒に乗り越えてきた。きっと今回だって、いつも通りやれば大丈夫に違いない。倒しきるのは無理でも、逃げるくらいどうってことない。

何故なら、頼りになる大好きな兄が隣にいるのだから。

「フィリス」

「はい！」

いつも通り、兄からの指示がくる。

きっと、『俺が竜種共の動きを止める。お前は隙を見逃さず、その斧をぶちこめ！』などと言ったような指示に違いないと、フィリスは耳を傾ける。

「お前は逃げろ」

「――はい？」

しかし、耳に飛び込んで来た指示は、これまで聞いたことのない物だった。

「この数は無理だ」

「な、何でですか!?　兄さんと私なら、逃げるくらいは――」

続きを話すことは出来なかった。

二人の会話を待つことなど全く考えない翼竜が、フィリス目掛けて突進して来たからだ。

「クッ――」

即座に兄がフィリスの腕を掴みその場から退避するも、咄嗟の行動だったためか体勢が乱れてしまう。

そんな二人に、追い打ちをかけるように別の翼竜が咆哮《ブレス》を放つ。

「兄さん！」

慌ててフィリスが前に出る。

迫りくる咆哮目掛けて、大斧を振るった。

「――ォアアッ!!」

すると、フィリスの振るった大斧は咆哮を切り裂くだけに留まらず、翼竜にまで大きな斬撃を浴びせていた。

猛烈な激痛が翼竜を襲っているのがその悲鳴から読み取れるが、討伐にまでは至っていない。

「くそっ！」

すかさず、兄のガレスは持っていた長槍の一本を翼竜に向かって投擲した。

喉元へと深く突き刺さり、ようやく翼竜の一体が倒れ伏す。

だが、すぐに別の翼竜がフィリスへと襲いかかるべく迫る。咆哮ではなく、大きな口腔を晒しながらの突進だった。大斧を振るった反動で動きの鈍くなってしまったフィリスを捕食しようとしている。

「フィリス!!」

堪らず、兄が体を投げ出した。

フィリスの体を押し出し、自らの体を翼竜の前へと割り込ませる。

「に、兄さん!?」

鋭い牙が、兄の左半身へと突き立った。

「ぐっ！　あぁぁ!!」

聞いたこともない兄の悲鳴がフィリスの鼓膜を震わせた。

頭の中が真っ白になる感覚に襲われる。しかし、無理矢理に体を動かした。

絶対に失ってはならない物が今、目の前で奪われようとしている。許せる訳がなく、大斧を振った反動で硬直してしまっている腕を力任せに振り上げる。

「に、兄さんから離れて!!」

そして、三度目となる大斧を翼竜の首へと振り下ろした。

◇◇◇

二体の翼竜を討伐したものの、未だ一体の翼竜と、その背後には竜種の上位種が控えている。

残った翼竜がすぐに襲いかかってこないのは、先の翼竜二体が討伐されたことで警戒しているのか、はたまた傷ついた二人の状況を見ていつでも捕食出来ると考えているのか……それとも、後ろの上位種がそうさせているのか、今のフィリスには分からない。

ただ、最悪の状況になってしまったということだけは分かった。

「に、兄さん！　大丈夫ですか？」

止血のための魔法薬を飲ませることは出来たが、兄の傷は深い。

手持ちの魔法薬では、傷を完全に癒すことは不可能だ。街の治療院に行き、直接癒しの魔法を行使してもらうしか、助かる方法はない。

そのためにはやはり、一刻も早く山を降りなければならない。兄の体力がいつまで持つかも分からない。

「……フィリス、お前だけで逃げろ。俺はもう無理だ……俺がいれば、あの竜種はお前を追いはしねぇ」

振り絞るように何とかそう話す兄。

「嫌です！　兄さんを置いていくなんて、私に出来る訳ありません！」

そんな選択肢など、初めからない。

いつも、危険な時は兄が護ってくれた。なら今度は自分が護る番なのだと、フィリスはその場に置かれていた斧に手を伸ばす。

しかし――

「痛っ！」

腕に激痛が走る。

大斧を三度も振るったことにより、既にフィリスの魔力は限界に近い。大斧が要求してくる魔力に応えることが出来ず、触れることすら叶わない。

「頼むフィリス、逃げろ……俺のためにも逃げてくれ！」

「嫌です！　絶対に嫌！」

フィリスはその場で立ち上がる。握る武器はない。

大斧なんて物は必要ない。しかし自分には兄が必要だと、兄を庇うように竜種と対峙した。

そんなフィリスを見てか、奥にいた竜種が前へ出た。

全身が赤黒い表皮で覆われた、火炎竜だ。

「……逃げろっつってんだ！　俺の妹なら言うこと聞けよ！」

「私は兄さんの妹です！　だから嫌です！」

火炎竜が小さく唸りながら身を屈めている。

一気に突進し、自分達を捕食しようとしているのだと分かった。

「絶対に逃げるなんて嫌！　私は、兄さんがいないと生きていけません！　兄さんだって！　私がいないと生きていけない癖にっ！」

そう叫んだ所で、火炎竜が大きな口を開けて突進してきた。

たとえ食べられても、絶対にこの場から動かない。そう心に誓いながら、ギュッと目を瞑った。

すると、

――ズガァアン!!

という衝撃音と地響きが目の前から伝わって来た。

「――――?」

フィリスはまだ立っている。

何が起こったのかと、恐る恐る目を開けると――

『兄さんがいないと生きていけない』か、何か……分かる気がするよ、その気持ち」

見ると、フィリスの前にとても大きな剣を掲げる青年が立っていた。火炎竜の突進を、大剣で受け止めていたのだ。

「シファ、この人……かなり悪いわ。早く手を打たないと手遅れになるわよ」

「え――」

背後の声に視線を向けると、どこかで見たことのある美女が兄の状態を調べているところだった。

「とにかく、コイツを何とかしよう」

そう言って、体を巧みに回転させて大剣を火炎竜へとぶつけた青年は――何度か目にした〝初〟級冒険者だ。

「う、うそ――」

思わず声が零れる。

彼の〝初〟級冒険者とは思えない身のこなしを目の当たりにして――というだけではない。彼が手に持つ巨大な剣を見て、フィリスは目を見開いた。

「あ、あれは……幻竜王《バハムート》の」

大剣に施された装飾や色、宿る魔力からして間違いない。彼が操るあの大剣は幻竜王の素材を用いて作られた物。つまりは、フィリスの持つ大斧と同じ幻竜王の武器だった。その大剣を、彼は軽々と振り回し、火炎竜を圧倒していた。

「ゲホッ――ゲホッ」

「!?　兄さん!?」

目の前の光景に驚いている場合ではない。フィリスは、兄のもとへと駆け寄った。

#41　イナリ山惨劇

竜種が空を飛び回るイナリ山を走り回っていると、少女の叫び声が聞こえてきた。

ただならぬ状況だと思い急ぎ駆けつけた結果、何とか間に合った。

今まさに、火炎竜が二人を捕食しようとするところだった。

「とにかくコイツを何とかしよう」

体を捻り大剣を叩き込むと、火炎竜はバランスを大きく崩す。

「ルエル、後ろの二人は頼む。この竜種は俺が何とかするから！」

「分かったわ」

耳だけで返事を聞き、即座に火炎竜に追い打ちをかける。様子を見てる時間なんてない、一気に討伐してやる。

火炎竜の背後からもう一体の竜種、翼竜が突っ込んでくるのが分かる。奴の血走った目も、俺に向けられていた。

そして火炎竜も、これだけ至近距離にもかかわらず咆哮《ブレス》を放とうと身構えている様子だ。

「はぁっ!!」

即座に肉薄し、大剣を再び叩き込んだ。

ズシンと、翼竜が地に伏せる。

火炎竜は、やはりまた跡形もなく消え去った。音無さんが言っていた魔力によって創造されたものだったようだ。

集まっている竜種が、この火炎竜のような存在に誘導されてやってきたのなら、いったい誰が何のためにこんなことをするんだ。いや、ここはイナリ山なんだからやっぱり目的はイナリ社なのか？

くそ、どうしても頭を悩ませてしまいそうになるが、今はそれどころじゃない。

「兄さん！　兄さん！」

少女が倒れている男に向かって必死に呼び掛けている。

今になって気付いたがこの二人、イナリへ来る途中の東陸街道で出会った狩人だ。

仲の良さそうな兄妹だったな。たしか、イナリ社の宝を狙ってるみたいなことを言っていたが……。

男の方を見てみると、上半身に大きな傷がある。竜種の牙によって出来た物のようだ。見るからに痛々しい。

見ている俺も、一瞬心臓がドクンと跳ねてしまう。

「ふぅ」

軽く深呼吸することで、何とか気分は落ち着いた。

「だ、大丈夫だフィリス……まだ生きてるよ」

すると、掠《かす》れたような声だが、確かに倒れている男が口を開いた。

「……情けねぇな、まさか、冒険者なんかに助けられることになるとはな」

「まだ助かってはいないわよ。山を降りなければ貴方は死ぬわ」

かなりの重傷だ。俺達の持つ薬草や魔法薬じゃ、この男を救うことが出来ない。精々が痛みを和らげることと、出血を防ぐことくらいだ。

「私が兄を連れてすぐ山を降ります！」

「あなたが？」

少女がそう言って立ち上がるが、ルエルが顔を傾げている。

この少女もかなり疲れているように見える。魔力もほとんど残っていないようだし、間違いなく途中で力尽きるか、竜種の餌食になってしまうことが分かりきっている。

以前に会った時は冷静だったのに、兄がこんな状況になってしまって正常な判断が出来なくなってしまったようだ。

「私の兄です！」

少女が、兄を担ぎ上げようと腕を肩に回すが――

「あ……」

そんな体力が残っている訳もなく、その場にへタリこんでしまう。

「…………」

次第に、少女の瞳に涙が溜まっていく。

自分の力で兄を支えることが出来なくて、悔しい思いなんだろう。

俺だって、もし姉に何かあった時に同じ状況になったとしたら……きっと耐えられない。

「っ……ごめんなさい。どうか力を貸してください。私一人じゃ、兄を助けられない」

「悪いな……俺からも頼む。どうやら……俺達兄妹は離れちゃいけねーみたいなんだわ」

兄妹が、悔しそうに頼んできた。

「ルエル。頼めるか？」

「えぇ」

というより、俺もルエルも初めからそのつもりだ。

仮に少女にまだ魔力が残っていたとしても、一人で兄を抱えて山を降りるのは無茶だ。最低限一人は、兄妹を護るために必要だ。

「私が彼を背負って山を降りるわ。貴方はついてきて」

「……はい」

こうするしかない。

本当は俺もついて行ってやりたいが、イナリ山のあちこちでまだ竜種の気配がある以上、俺は少しでも多くの竜種を討伐する必要がある。

助けが必要なのは、この兄妹だけとは限らないんだから。

「可能な限り竜種との遭遇は避けて山を降りるけど、もしもの時は戦闘になるから、その時は覚悟してちょうだい」

「分かりました」

ルエルが男を背負う。

「ルエル、お前も気をつけてくれよ。ひと一人背負った状態じゃ、まともに戦闘なんて出来ないんだからな？」

「分かってるわ。だから早く降りて、また戻ってくるわ」

ずっと一緒に行動してたからか、ルエルと別行動となると……妙に不安になってしまう自分がいる。

「……じゃ、行ってくるわ」

そう言って、ルエルが歩き出そうとするが——

「その必要はありません」

どこからともなく発せられた声が、ルエルの足を止める。

声の主は、着物を来た黒髪の女性——音無さんだった。

「音無さん？　どうしてここに……」

ちょっと前に別れたと思ったが、ホントこの人はいつも唐突に現れるからびっくりする。

身に纏う着物は、さっき見た時よりも汚れが目立つ。この短い時間でも、多くの竜種を討伐してきたのだと予想がつく。

「偶然、お二人の姿が目に入ったので……状況はだいたい理解出来ます。この方達を連れて山を降りるのは、私が引き受けましょう」

そう言いながら、音無さんは兄妹の方へと近付いていく。

「イナリ山の地形については私の方が詳しいですので、私なら竜種に遭遇することなく山を降りることも可能です」

確かに。それに音無さんなら安心して任せることも出来るか……。

「それに――この方達には聞きたいこともあります」

――聞きたいこと。

なにやら気になる話だが、今は一刻も早くその男を街まで連れて行ってもらう方が先決だ。

俺が頷いて見せると、ルエルは音無さんに男を渡した。

「よろしくお願いします」

「はい。街の様子も気になりますので、確認が終わればまた戻ってきます。それまでどうか……イナリ山のこと、こちらこそよろしくお願いします」

そして音無さんが『行きますよ』と少女に声をかけてから進み出すと、少女は俺達に向き直り、深く頭を下げてから音無さんについていく形で山を降りていった。

あの様子なら、何の心配もいらないだろう。音無さんの実力なら、仮に竜種と遭遇してしまったとしても上手く切り抜けてくれるに違いない。

「ルエル、俺達はこのまま竜種の討伐だ」

「ええ、分かってるわ」

再び走り出した。

◇◇◇

竜種の気配の多いところを目指して走ると、すぐに見つけることが出来た。

「ルエル、翼竜だ。二体」

「見えてるわ」

まだ少し距離がある。奴等はまだこっちに気付いていないが、このまま近付けば感覚の鋭い竜種は確実に俺達の存在に気付く筈。

しかもかなり高い位置で滞空し続けている。あの場所では俺の攻撃は届かない。あの位置から咆哮《ブレス》みたいな攻撃でもされたら、少し厄介だ。

「一気に討伐しましょう。貴方なら出来るでしょ？」

コッチが頭を悩ませていることを知らずにそんなことを言ってくる。

「いや届かねーよ」

「いいからこのまま走って近付きましょう」

「いや、だから届かねーって」

まさか前の時みたいに剣を投げて討伐出来るなんて思ってるのか？　あの時とは翼竜のいる高さが全然違うぞ。

「とにかく走って！　私に任せてちょうだい！」

とは言え、コチラから近づかなければ状況は変わらないのも事実か。

ルエルの言葉に従って、このまま走って近付くことに。どうせならと、更に速度を上げる。

すると――

「スゥ――」

隣を走るルエルが深く息を吸っているのが分かった。

次第に、周囲の体感温度が下がっていく。

「貴方はそのまま走って！」

そう叫んで、ルエルはその場で急停止した。

ルエルが何か魔法を使おうとしている。

なら、俺はアイツを信じて走るだけだ。

空にいる翼竜との距離が近くなる。まだコチラに気付いていないが、この位置では奴等を攻撃する術がない。

しかし――

――バキバキバキィ!!　と、目の前に巨大な氷の足場が出来上がった。

そういうことか。

速度を緩めることなく、目の前に出来上がった氷の足場に飛び乗った。空まで続いている。これなら、翼竜にも攻撃が届く。

突如現れた氷の創造物に、翼竜が警戒心を見せているが――もう遅い。ここまで近付いてしまえば、後は簡単な物だ。

一気に距離を詰め、まず一体の翼竜の首を斬る。そして跳躍し、体を回転させて炎帝を叩き込んだ。

勢いよく地面に叩きつけられたもう一体の翼竜も絶命した。

「ふぅ」

そして無事地面へと俺が帰ってくると、氷の巨大な創造物は霧散して消えた。

「凄いなルエル。こんな物まで創り出せるのか」

「私だって、いつも努力しているのよ？　いつまでも貴方に頼り切りという訳にはいかないもの」

どちらかと言うと、俺の方がいつもルエルに助けられてばかりの気がするが。

「魔法の根本は想像力よ。ソレを忘れなければ、大抵のことは出来るようになるの」

なんて言ってるが、少しだけ顔色が悪くなっている。

あれだけの創造物……やはりかなりの魔力が必要なんだろう。

「それよりも、まだ近くに翼竜の気配があるわ。急ぎましょう」

「あぁ」

そうだ。

空の翼竜を優先して討伐したが、まだ近くに気配が残っている。

しかもこれは、どうやら誰かがその翼竜と戦闘しているようだ。

戦闘の音がする方へと走る。

「――あれは！」

一人の女性が翼竜と戦っていた。

しかし、かなりの劣勢のように見えた。

女性の身のこなしは軽く、動きを見るにかなりの実力者なのだと分かるが、彼女の攻撃が翼竜に対して致命傷になるほどの力がない。

その理由は一目瞭然。この女性、右腕がない。

「ラキア！」

あの時出会った〝上〟級冒険者のラキアだ。

右腕がなければ、やはり攻撃に重さが乗らないらしく、翼竜にかなり手こずっている。

「加勢に行くぞルエル！」

「っ……え、えぇ」

◇◇◇

「いやー、助かったよ。やっぱり腕一本ないとキツくてさ、危うく食べられちゃう所だったよ、マジ命の恩人だよ二人はさ！」

テヘヘー、と舌を出して笑うラキア。

とても今翼竜に食べられそうになっていた奴が見せる顔じゃない。

「ラキアさんはどうしてここ《イナリ山》に？」

そこに、ズイッと俺を庇うように前へと出るルエル。

やはり、ルエルはラキアのことをあまり良く思っていないようだ。

「どうしてって……山で素材を集めてたら急に翼竜がわんさか出てさ、そりゃ放っとけないでしょ？　冒険者としてさ！」

つまりラキアも、他の冒険者達やさっきの兄妹のように巻き込まれてしまった訳だ。

イナリ山に出現した翼竜は数多い。今は一人でも戦力が必要な状況だが……片腕を失ってしまったラキアは、少し心配だ。

「あ、シファくんまた私のことジッと見て、もしかして左腕だけの私じゃ死ぬだけだって思ってるんでしょ」

「いや、そこまでは思ってないけど……」

「言ったでしょ？　私は冒険者をやめるつもりはないって」

可愛く微笑んで見せるラキア。

確かに言っていたな、そんなこと。

っていうか、だからこそさっきも翼竜と戦ってたんだろうな。

でも、流石に片腕だけのラキアを放っておくことも出来ない。

「なら、とりあえず三人で行動しよう」

「え、いいの？」

「あぁ。構わないよな？　ルエル」

今度はルエルの目をジッと見つめる。

ルエルは、ラキアのことを信用していない。なら、目に見える範囲に置いておく方が、それはそれで安心出来る筈だ。

「……ええ、勿論構わないわ」

こうして、俺達は三人でイナリ山の翼竜を討伐することとした。

イナリ山の翼竜の気配も、確実に少なくなっているようだった。色んな所で、他の冒険者達も討伐にあたってくれているのかも知れない。

片腕を失っているとは言え〝上〟級冒険者。ラキアは持ち前の身軽さで翼竜を翻弄し、俺達の援護をしてくれる。おかげで、討伐がかなり楽になった。

それなりの翼竜を討伐し、残った気配がする方へと移動している途中、後ろを歩くラキアが口を開く。

「かなり山の奥の方まで来たね」

言われてみれば、翼竜を討伐しているうちに、どんどん奥の方へと進んで来てしまったようだ。

「もしイナリ社があるとしたらここらへんなのかなぁ」

ポロッとラキアがそんなセリフを零す。

イナリ社がどこにあるのかは、入ったことのある俺達にも分からない。

というよりも、あの場所《イナリ社》はどこにあるとか、そういう問題でもない気がする。玉藻前が招けば、イナリ山のどこにいても入ることが出来るからだ。

「あはは、ごめんごめん。実は私も、人並にはイナリ社のことに興味があってさ」

「いや、気持ちは分かるよ」

イナリにやって来た冒険者や狩人の殆どが、イナリ社が目当てなんだという話だ。

このラキアも、やはりルエルが疑っているようにイナリ社や玉藻前のことを狙っているのかも知れない。とは言え、それだけだ。

イナリ社に玉藻前がいる以上、この二つを見つけることは出来ない。

玉藻前が、自ら姿を現しでもしない限りは――

「っ!!　二人とも！　気を付けて！　何か来るよ!!」

「「――ッ!?」」

急に、ラキアが大声を上げる。

すると、上空から落ちてきた巨大な物体が、大きな地響きを上げて俺達の目の前に降り立った。

「クソッ！　またかよ！」

火炎竜だ。

おそらく魔力で創造された火炎竜。

いったい誰がこんなこと。まぁいいさ、さっさと討伐して――

「――シファ!!」

瞬間、俺の体が横に突き飛ばされた。

いや、ルエルの体当たりによって突き飛ばされたんだ。

それと同時に、ザシュ――という小さな斬撃音と共に血飛沫《ちしぶき》が上がった。

「――は？」

何が起こったのか分からなかった。

見えたのは、俺がさっきまで立っていた所でルエルが胸を押さえて蹲り、そんな彼女を笑って見下ろすラキアの顔だ。ラキアの左手に持つ長剣には、ルエルの血がついていた。

「あれ？　これでも出てこないんだ。やっぱりシファくんが一人の時じゃないと出てこないのかなぁ」

理解が追いつかない。

「ルエルちゃんが庇ったから出てこなかったのかな。ま、いいか……それはこれから試せば良いよ……ねっ！」

「……ぐっ！」

そう言って、ラキアが回し蹴りをルエルに浴びせていた。

勢いよく吹き飛ばされてしまうルエルを見て、ようやく何が起こったのか理解出来た気がした。

「なにやってんだお前」

「見て分かんない？　邪魔な女を蹴飛ばした所だよ」

「――――オオォォォ!!」

ラキアの気色悪い笑顔を見ていると、火炎竜の威嚇の声が聞こえてきた。

◇◇◇

山岳都市イナリの冒険者組合員として過ごして来た日々は、音無の頭にイナリ山の地形を熟知させるに充分だった。

支部長紅葉《もみじ》の側近としてだけではなく、時には住民の頼みを聞いてイナリ山へと足を運ぶことも多かった彼女にとってイナリ山は庭そのもの。魔物や魔獣の生息範囲から、素材の採取場所まで詳しく言い当てることも可能な程だ。

玉藻前の次にイナリ山に詳しいのは、間違いなく音無である。

そんな音無は、二人の人間を隠すには充分な大木に身を隠す。彼女にピッタリと身を寄せる形で、フィリスも身を屈めていた。

ソロリと大木から顔を覗かせて、前方の様子を窺う。

見える光景は、一体の翼竜が地面に横たわる魔獣を捕食している様子だった。周囲に、他の翼竜の姿は見受けられなかった。

（翼竜は一体。どうしよか……）

山を降りる最短の道が、今まさに翼竜に塞がれている状態だ。

他にも迂回する道は存在するし、辿る道によっては翼竜と遭遇せずに山を降りることも可能だが……思っていたよりも翼竜の数が減っているようだった。

（他の冒険者が討伐してくれたんか……もしくは他の場所に誘導されたかの……どちらかやね）

予想していた状況と僅かな違いがあることに、少しだけ不安を覚えてしまう。

街の様子も気になる。更にはシファ達の様子も気になる。かと言って、この兄妹を放っておくことなど論外。

そして確実に言えることは——迷っている時間はないということ。

「フィリスさん、翼竜は一体だけですので……速やかに討伐して参ります。他の道を行くよりは、ここを通る方が確実です」

「で、でも」

背中のガレスを大木へもたれさせる音無に、フィリスは何か言いたげな表情を見せる。

無論、彼女の言いたいことも音無には分かる。

「大丈夫です。速やかに討伐致しますので」

翼竜の数が多ければ、迷わず違う道を進むことを選んだ。しかし一体だけなら、討伐して進むのが正解だ。

ただ一つの懸念は……この翼竜の咆哮により、遠くの魔物や魔獣、更には翼竜が呼び寄せられてしまう可能性があること。フィリスも、そのことを心配している様子だ。

「………………」

ガレスを降ろし身軽になった音無が静かに手を伸ばすと、魔法陣が出現する。

音無は、その魔法陣から伸びるようにして出てきた長刀を掴み取り、腰を低くして構えた。

狙うは、大木を隔てた向こう側で尚も魔獣を捕食し続ける翼竜。

——チリン。

勢いよく木の陰より飛び出すと、腰につけた鈴が鳴った。

イナリ山において不自然な鈴の音は、翼竜の耳にも確実に届く。そして、その音に釣られて翼竜が振り向いた時には——既に音無は翼竜へと肉薄し、無防備な太い首へと長刀を振り抜いていた。

——スパァン!!

一瞬の斬撃音が響く後に、翼竜の顔がドシャリと地に落ちた。

「…………」

息絶えた翼竜を見下ろし、ほんの少しの間だけ耳を澄ます。

翼竜は何一つ声を発することなく討伐したが、戦闘の音を確実に消すことは不可能だ。

今の僅かな戦闘の気配を察知した周囲の魔獣……特に翼竜が接近していないかを探るが——どうやら、その心配はなさそうだった。

思い描いていた通りの結果に満足し、音無は兄妹が身を隠す大木へと引き返す。

「さぁ、先を急ぎましょう」

「は、はい」

再びガレスを背負い、山を降りるために走り出した。

◇◇◇

「はぁ……はぁ……はぁ」

ようやく山を降りた時には、日は傾き始めていた。

大人の男一人を背負い山道を駆け下りたことで、足の感覚が鈍くなり、肺が裂けそうな痛みに襲われている。

隣のフィリスも、残り少ない魔力の中での移動は酷く堪えているようだ。

とにもかくにも、二人は無事、山を降りることに成功した。

「ま、街は……」

次に、ずっと気になっていた街の様子を観察してみる。

正門まで続く大通りだが、見た範囲では翼竜に襲われた形跡はない。とりあえず、ホッと胸を撫で下ろした。

「音無！」

前方から声がした。

聞き慣れた声に視線をやれば、着物を来た女性がコチラへ向かって歩いている姿が目に入る。

「も、紅葉様――」

支部長の紅葉だ。

状況を説明しようとする音無を手で制し、紅葉は音無が背負うガレスへと視線を向ける。そしてガレスの上半身の傷を一目確認してから、その視線は隣のフィリスへと移動した。

「はよ治療院に連れてったり。イナリの『右上区』『右下区』の住人は、みんなそっち方面に避難させてあるから、アンタは何も心配せんでええよ」

「っ、はい」

紅葉のその短い言葉で、街の現状に納得がいった。

イナリ山に近いこの区画に住人の気配がないのは、既に紅葉により避難が済ませてあるからだ。

そして紅葉はこの場所で、イナリ山からやって来る翼竜を警戒しているのだろう。

「アンタも、休んでいきや」

流石の音無も、疲労が隠せていない。

紅葉が敢えてそんなことを口にしたのは、音無の性格をよく理解しているからだ。そして当然、音無の返答は決まっていた。

「私はすぐにイナリ山へ戻ります。シファ様達の応援に行かなければなりません」

休んでる暇なんてない。

体力は魔法薬で誤魔化しが利くが、失った魔力は自然に回復を待つ以外にない。当然、そんな選択肢はない。

「……あっそ。まぁとりあえず、はよ治療院の方行ってき」

「――？」

どこか気になる言い方に首を傾げるも、紅葉はそれっきりイナリ山の方へ視線を移したまま口を開かなかった。

仕方なく、音無はそのまま大通りを進んだ。

治療院は、大通りを進んだ先にある。

区画で言う所の『左上区』にあたる場所で、同じ区画には冒険者組合も存在している。

治療院には様々な魔法薬や薬草が揃えられ、更に治癒魔法に長《た》けた者が常駐しているため、取り返しの付かない傷や状態異常でもない限りは治療することが出来る。

無事、兄妹を治療院に預けた音無は、再び大通りへとやって来た。勿論、再びイナリ山へと戻るためである。

「音無さん！　音無さんてば！」

「――？」

大きな声に振り向くと、走り寄って来たのは見知った店の店主だった。

彼女は『右上区』にある惣菜屋の店主だが、ちゃんとコチラに避難していたらしい。

「イナリ山……なんかまた大変なことになってるみたいやけど、大丈夫なんやろか。もしかして、またイナリが封鎖されたりするんちゃうかって……みんな心配してるんよ」

不安を滲ませている。

鳳凰の一件で封鎖されて、つい先日に開放されたばかりなだけに、街の住人は不安の色を隠せない様子だった。

しかし、そんな店主の質問に音無は笑って見せる。

「大丈夫ですよ。あの時とは状況が違います。明日からは、またいつものイナリが戻ってきますよ」

「――！　そ、そう？　音無さんがそう言うなら、安心やわぁ！」

「はい。ですので、他の方達にもそのようにお伝え下さいね」

それだけ話すと、店主は笑顔で去っていった。

（さて……）

音無は治療院で、兄妹から軽く話を聞いていた。

やはり今回の騒動は悪質な狩人が絡んでいるようだ。話を聞いた限りで名前が出てきた狩人は『ラキア・カルベル』。教えてもらった人相は……冒険者組合が目を付けている狩人ギルド『魔喰い蛇』の構成員の一人と一致していた。

やはり、山に残っているシファとルエルが心配だと、音無は再びイナリ山を目指す。

この区画には、避難してきた多くの住人の姿がある。彼等のことも心配だが、今はそれ以上にイナリ山のことが気になってしまう。

（とにかく今は、イナリ山へ――）

街の住人達を安心させるためにも、イナリ山の問題を解決させる必要がある。そう自分に言い聞かせ、走り出した。

「よ、翼竜だー！　翼竜が出たぞ!!」

「――ッ!?」

突如として響き渡る悲鳴。

(こんな街中に!?)

声がしたのは前方だ。

見てみると、どこからともなくやって来た翼竜が、避難してきた住人を襲おうとしている所だった。

おそらく、イナリ山へ誘導されていた翼竜の中から、はぐれて来た一体が街へとやって来てしまったのだろう。

「くっ――」

収納魔法を使用している時間がない。

武器を何も持たず、とにかく体を走らせる。

討伐なんてしなくても良い。とにかく住人を助けなければ。そんな一心で手を伸ばすが、あまりにも遠い。

「――」

時が止まったような感覚で、住人が翼竜に襲われる光景を見ていたが――何故か、ズルリと翼竜の首から先がずれ落ちる。

「な、何が……」

倒れ伏した翼竜の傷口を見ると、斬撃によって首が落とされたのだと分かった。

そして、翼竜のすぐ横を歩いてくる女性の姿が目に入った。

「あ……」

猛烈な安心感が音無を包み込む。

女性は冒険者だ。金色の髪がサラサラと、風に揺れていた。

「竜種狂暴化の調査依頼でイナリへ駆け付けたのですが、急いで正解でした。支部長の紅葉様から、イナリ山についての詳しい説明は貴方から聞けと言われています。手短に説明して下さい」

「はい。ローゼ様」

音無は丁寧な所作で、腰を折る。

◇◇◇

〝絶〟級冒険者ローゼに、自分が知る限りの情報を共有した。

「分かりました。貴方に代わり、イナリ山へは私が向かいます。貴方はここに残り、街の方達のことをお願いします」

「はい」

本当は自分も行きたいが、街中に翼竜が出現してしまった以上、街の住人を護る者が必要だ。そして最もそれに適した人物は、間違いなく自分だ。

「安心して下さい。イナリに入り込んだ竜種は、全て討伐します」

「よろしくお願いします」

そしてローゼは、イナリ山へ向かうべく背を向けた。今にも走り出してしまいそうだが、音無が呼び止める。

「ローゼ様!」

「ん?」

「『魔喰い蛇』の構成員は、可能な限り捕縛してもらいたく思います。今回の件も含め、組合として色々と聞きたいことがありますので」

狩人ギルド『魔喰い蛇』は謎が多い。

構成員と、その数。そして彼等の目的もはっきりと分かっていない。

しかし、音無のその質問を聞いたローゼの目の色は少し、暗くなった。

「努力はします。ですが……私が来た以上、イナリ山の冒険者は私の監督下にあります。私が優先するのは冒険者の安全です」

「……はい」

「これ以上、他に説明しなければいけないことはありますか?」

「いえ。どうか、冒険者の方達のことをよろしくお願いします」

それだけ話して、ローゼはイナリ山へと向かっていった。

◇◇◇

「どういうことだラキア……どうしてお前が俺達を攻撃するんだよ！」

聞かずにはいられなかった。

確かにルエルは、ラキアのことをあまり信用していなかったが……こいつは〝上〟級冒険者だ。

特に敵対する理由もなければ、攻撃される理由も思いつかない。

仮に、イナリ社の宝を狙っていたとしても、だからと言って俺達を攻撃してくる理由にはならない筈だ。

「うっざ。マジうざいよ君。何でわざわざ教えないと駄目なわけ？　自分で考えたら？」

馬鹿らしいと言わんばかりに、左手を軽く振るう。

あまりの態度の豹変ぶりに驚くが……俺はこのラキアが、冒険者を庇って片腕を失う所をこの目で見ている。現に今もラキアには右腕がない。

やっぱり……どうしても信じられない。

「だから冒険者は大っ嫌いなんだよね。ちょっとは騙されてるかも、とか思わないわけ？　まぁ別に良いんだけどね」

「……〝上〟級冒険者、というのは嘘だったのか」

「あたり前でしょ」

「でもお前はあの時、火炎竜の攻撃から――」

火炎竜の攻撃から冒険者を庇った。そう言いかけた所で後ろを振り向いた。

そうだ。火炎竜だ。

突如現れたこの火炎竜の敵意は今、俺だけに向けられている。そして、あの時もいきなり現れたのは火炎竜だった。

「気付くの遅っ。どれだけ甘ちゃん野郎なの？」

あの時冒険者を庇ったのは、俺達のことを騙すための演出《パフォーマンス》だった訳だ。

結局は初めから騙されていたということだ。

俺達が見てきたラキアという人間の全てが、今目の前にいるコイツが作り出した演出だった。

「イナリ山に翼竜を誘い込んだのもお前か？」

「違うよ」

即答された。

コイツの言葉を信じることはもう出来ないが、後ろの火炎竜がラキアの創り出した物でなければ、他に仲間が存在するということになる。

勿論、この火炎竜もラキアが自身で創り出したという可能性も残されているが――

それはラキアの意識を奪ってしまえばハッキリすることだ。

「分かった。もうお前の言葉は信じない」

立ち上がり視線を向けた先には、ルエルが胸を抑えて蹲っていた。ポタポタと赤い血が滴り落ちているのが分かる。

時折咳き込む姿を見ると、無性に自分に腹が立ってくる。

ごめん、ルエル。

俺がもっと警戒心を持っていれば、こんなことにはならなかったのに。

ルエルも魔法薬は持っている筈だから死ぬことはないが……あの傷はかなり辛い筈。

早く治療院まで連れて行ってやらないと。

「もう良いかな？　君には悪いけどさ、ちょっと死んで欲しいんだよね」

ダルそうな動作で、ラキアが魔法陣から何かを取り出した。

――長剣だ。だが、ついさっきルエルを傷付けた物でも、俺達が初めて会った時に目にした物とも違う。

黒と紫で装飾された不気味な長剣。間違いなく、俺が姉から渡されている様々な武器と同じように、魔法的な力が備わっているように見える。

「君は強いからねぇ。私は右腕もないし、流石に本気出させてもらおうかなぁ」

腰を落とし、長剣を正面に構えてコチラを睨みつけてきた。

以前、護衛という形で行った魔獣討伐で、ラキアと翼竜の戦闘をこの目で見た。

ラキアの動きは俊敏で、翼竜を翻弄して終始圧倒していた。結局〝上〟級冒険者というのは嘘だった訳だが、コイツの実力は疑いようがない。あの時見せた実力が全力だとも思えないし、油断ならない相手だ。落ち着いて戦う必要がある。

だが――

「ごほっ、ごほっ……」

ルエルが傷付けられた。

それだけで、自分の中の何かが激しく脈打つような気がする。

そんな感情の昂《たかぶ》りを何とか押さえつけて、ラキアを睨みつけた。

「あはっ！　やる気満々じゃん。目がこわ――」

グッと魔力を足に込めて地面を蹴ると、瞬く間にラキアとの距離が詰まる。

途中に取り出した聖剣で、下からすくい上げるようにして斬りかかる。

一瞬、ラキアの口角が僅かに吊り上がるのが見えた。

その笑みの答えは、振り抜いた腕に何の手応えも感じさせない聖剣が物語っていた。

ラキアは、俺の剣戟を真上に跳躍して避けた。

「――ッ!?」

しかもただ避けただけじゃない。

体を様々な方向に回転させながらの跳躍。そして、今もなお回転を続けるラキアから一本の斬撃が飛んでくる。

巨大な、魔力の斬撃だ。

聖剣で弾けるか？　いや、駄目だ。

即座に、収納から霊槍を取り出し振り抜いた。

斬撃と霊槍が激しくぶつかり合い、斬撃は閃光と共に消滅した。

「あっははは！　マジで超速収納って反則だよね。君じゃなきゃ今ので死んでるよ」

空中で体を翻しながら、ラキアが高らかな笑い声を上げている。

ほんと、何がそんなに面白いんだか……。

「でもいいのかなぁ、私ばっかりに見惚れててさ」

そう言いながらラキアが着地したところで、周囲が影に包まれた。

あぁそうだ。

俺の敵はラキアだけじゃない。

すぐに距離を取る。すると、今まさに俺が立っていた所に巨大な火炎竜が降り立った。

そして続けざまに、火炎竜は大きな口をガバリと開けて、咆哮《ブレス》を放ってくる。

赤黒い炎の息だ。まともに喰らうと辛そうだが、この程度なら霊槍でなんなく対処可能だ。

大きく霊槍を振るうと、赤黒い炎はその場で霧散していった。

火炎竜がうっとうしいな。先に討伐した方が良いか。

そう思った瞬間、ラキアが眼前に迫っていた。

素早い動作で長剣を振るってくる。

霊槍では物理的な攻撃を受けられない。すぐさま聖剣に持ち替え、ラキアの攻撃を受け止めた。

やっぱり、左手だけでは思うように力が発揮出来ないらしいが、動きが速い。力で俺が負けることはないが……少しでも気を抜くと、あっという間に攻撃を喰らってしまいそうだ。

しかも、ラキアの背後の火炎竜が、大きな翼をひろげて魔法陣を展開しているのが見える。

あの魔法陣から繰り出される火球は、霊槍でなければ防げない。

「どうしたの？　私の後ろが気になるの？　ほらほらぁ！　よそ見してる暇あるのぉ!?」

更に、ラキアの攻撃が激しさを増した。

火炎竜の火球とラキアの攻撃を一度に対処するのは無理だ、とにかく一度距離を取る。

ラキアの攻撃を一度躱し、即座に炎帝を取り出す。最低限の動きを加え——ラキアの腹を撃ち抜いた。

小さな爆発が起こるが、伝わって来た手応えは人の体を殴った物ではなく、金属質な塊を殴った物だ。ラキアは——あの一瞬の間でも俺の攻撃を長剣の腹で受け止めて見せた。

だが、距離を取るのには成功した。大したダメージを与えないまでも、ラキアを突き放すには充分だった。

「……っふふ！」

笑い声だ。

「あっはは！　ざーんねん！」

吹き出したように笑い出す。

俺の炎帝による攻撃を防いだことがそんなに可笑しいのかと思ったが……違った。

「ぐっ!!」

突如、俺の腹で小さな爆発が起こる。腹を殴られたような鈍い痛みと、爆発による衝撃に襲われる。

これは——炎帝の攻撃。

あのラキアの持つ長剣、やっぱり何かあった。

「これねぇ、蛇神――魔喰い蛇《ニーズヘッグ》の素材で作られた長剣なんだ。まぁいちいち説明しないけどね」

すると――火炎竜の魔法陣が強い輝きを放ったかと思えば、火球が飛び出して来た。

やはり、数は五つ。

「今度こそ死んじゃいそうだね」

五つの火球が迫る。

とにかく、霊槍を取り出した。

次々に迫る火球を霊槍で斬り裂いていく。

しかし最後の一つが間に合わない。

直撃する――そう思った瞬間、目の前に大きな音を立てて氷の壁が出現した。

火球はその壁に激突し、諸共に掻き消えた。

「はぁ、はぁ、シファ……」

苦痛に顔を歪めながら、ルエルがコチラに手を向けている姿が目に入った。

渾身の力を振り絞り、俺を護ってくれたようだ。

「は？　もう最悪！　良い所だったのに――」

一瞬にして、再び俺はラキアへ肉薄した。

火炎竜は反動で少しの間動けない。なら、その間にラキアを倒す。

「うざ。マジでうざい」

即座にラキアも長剣を振り抜いてくる。

動きは速いが集中すれば見える。

ラキアの持つ長剣の力は危険だ。さっきの現象が……長剣で受けられたことで起こったのなら、受け止めさせなければ良いだけだ。

収納魔法の速度は、集中力で大きく変化する。

集中しろ……もっと速く、ラキアが対応出来ない速度で武器を持ち替える。

そして――

炎帝による拳が、ラキアの胸を捉えた。

「ぐっ!!」

小さな爆発がラキアを吹き飛ばした。

なんとか体勢を立て直し着地するも、それなりのダメージになった筈。

「あっはは……マジ強いわ君。〝初〟級冒険者って絶対嘘じゃん」

そう言いながら、立ち上がった。

「でも、悪いけど……私達のために死んでよ!」

再び、ラキアが迫る。

体を回転させながら斬りかかってくるが、ラキアが左手に握る長剣を弾き落としてやる。

すると――

――パリィン！　と、何かが砕けた音が響いた。

これは、なんだ？　左手だ。ラキアの奴、左手に何かを隠し持っていたらしい。俺が長剣を弾いたと同時に、持っていた何かを握り潰したんだ。砕けた破片から察するにこれは——小瓶？　中に入っていた液体が、飛び散る。白銀色に輝く液体が俺とラキアに降り注ぐ。

しかし、俺の体には何の変化もない。毒ではないようだ。

いったいなにが——ッ!?

ラキアの右肩に、見たこともないような魔法陣が三つ重なるようにして出現していることに気付いた。

何事かと驚いている間もなく——一瞬にして現れたラキアの右腕が、今まさに弾いた長剣を掴み取る。

そしてそのまま長剣は、俺へと振り下ろされた。

「ぐぅっ!!」

声にならない声が出た。

振り下ろされた長剣が、俺の上半身を斬り裂いた。

感じたことのない熱さと痛みで、頭が思うように働かない。

「やるね。咄嗟に半歩下がって致命傷を避けたんだ」

なんとか視線を合わせると、やはり——失くなった筈の右腕がさも当然のように元通りになってる。

なにが、どうなった？　もしかして——

「あれ？　教えたよね？　霊薬《エクシア》だよ。最上位の魔法薬。それ使ったんだよ？　理解できた？　確かに君とんでもない強さだけどさ、やっぱり〝初〟級冒険者だね」

あの時話した人体の欠損部位も治療してしまう最上位の魔法薬。織姫の霊薬《エクシア》……持ってたのかよ。

「流石にもう終わりだね。流石にその状態じゃあれは受けきれないよね」

ラキアが視線を向ける先には……火炎竜が大きな口を開けて魔法陣を展開させている。

とりあえず、霊槍を取り出して立ち上がるが……果たして受け切れるのか。

魔力が、霊槍へ上手いように伝わらない。

でも……やるしかない。

やがて、激しい閃光と共に放たれた巨大な赤黒い火球が、一直線に迫ってくる。

霊槍を握る手に力を込めるも、震えるだけでいつものように握り締めることが出来ない。それでも、構えた。

そして火球に向かって腕を振り抜こうと、足を踏み出すが——俺の目の前は突如、別の光に支配された。

煌々と燃え盛る、青い炎の光に。

まるで壁のように出現した青い炎が、火球を呑み込んだのだ。

煌々と立ち昇る蒼炎——いや、狐火だ。

俺達、そしてラキアと火炎竜の間を隔てるようにして出現した炎の壁。勿論、この炎をいったい誰が何のために創り出したのかは分かる。

どうやら、また俺は護られてしまったらしい……。

でも、いつもと様子が違う。

俺はこれまで何度も玉藻前の炎によって護られてきた。敵の攻撃や脅威から護られるように、一瞬の間だけ出現する炎にだ。しかし目の前の炎の壁は――未だ消える様子がない。

これはもしかして――玉藻前がイナリ社から出てこようとしてるんじゃないのか？　目的はおそらく俺を護るため。実際に今助けられた所だ。

だが……何故か妙に胸の中がざわざわする。

俺達は玉藻前をイナリまで連れてくるまでの道中、彼女が人目に付かないように細心の注意をはらっていた。危険指定レベル18の妖獣だから当然だ。もし見られでもしたら、余計なトラブルが発生することは目に見えていたからだ。それは玉藻前も理解していたし、だからこそ常に幻術によって姿を隠していた。その玉藻前が、姿を現そうとしている。ドクン――と心臓が跳ねる。安心感とは程遠い、なんとも言えない気持ちの悪い感覚が俺の全身を包み込んでいった。まるで全てが悪い方、ラキアの思い通りに導かれているような、そんな感覚。

そして今――立ち昇る炎の壁が弾けるように消失した。そしてその炎の中に立っていた者が姿を現した。

絹糸のような銀色の髪がサラサラと風に揺らされ、腰あたりから伸びる九つの大きな尻尾の毛が逆立っているように見える。

――玉藻前だ。

今、ラキアの目の前にレベル18の超強敵、玉藻前が出現した……だと言うのに――ラキアは喜色満面で笑みを浮かべている。

どうしようもない嫌な予感に、俺は遂に支配された。

「目に余る。人間の女よ……これ以上の無礼は許されぬ」

ボッ！　と、玉藻前の周囲に青い炎の塊が幾つも出現すると、そのうちの一つがフラフラと火炎竜の足元へと飛来していく。余りにも鈍い動き。簡単に躱せそうに思えるが……何故か火炎竜は一切の反応を示さない。まるで、見えていないようだ。

やがて、火炎竜の表皮に触れた炎の塊が――爆ぜた。

勢いよく立ち上がる炎の柱。火炎竜の悲鳴にも似た叫びが一瞬聞こえたが、轟音に掻き消されて消えた。

「やーっと出たぁ。たまものまえ、会いたかったぁ」

やっぱりだ。

ラキアの狙いは、初めから玉藻前だ。

最早隠そうとすらしないラキアの言葉に、確信する。

「た、玉藻前……俺のことは――」

ただならぬ予感がする。玉藻前の強さは間違いないが、どんな手を使ってくるか分からないラキアと戦わせるのは絶対に駄目だと、俺の直感が訴えかけてくる。

俺のことは良いから、イナリ社に隠れといてくれ。そう言おうとしたが上手く言葉を発することが出来なかった。

「あっははは！　無理無理！　『一斬呪縛』。この長剣を介して魔力を流し込むと、相手は自由を奪われる。ま、完全に身動きが取れないって訳じゃないけどね」

体のあちこちが痛むのは、斬られた傷のせいだけじゃないいってことか。

喉が激しく痛むのも、その一斬呪縛という物のせいだ。

「『魔喰い蛇《ニーズヘッグ》』はね、獲物は逃がさないんだよ？」

再び構えるラキアの顔には、やはり不気味な笑みが浮かんでいる。

危険だ。

そう思って玉藻前に視線を送るが――

「済まぬなシファ。もう人間と敵対はしたくないと思っておったのじゃが、護るためにはやはり……戦うことは必要じゃ」

体のあちこちが痛い。

なんだコレ……これが状態異常っていうやつか。

駄目だ、玉藻前とラキアを戦わせたら駄目だ。

体を必死に動かそうとするが、震えが激しくなるばかりでまともに動けない。

なんて呑気に体を動かしている俺の見ている前で、ラキアが駆け出した。

玉藻前へ向けて一直線に、素早い動きで距離を詰めた。

だが、玉藻前の周囲に漂う炎の塊がラキアへと襲いかかる。先程の鈍い動きとは違い、確実に相手を捉えた素早い動きだ。

だが――ラキアはソレを躱す。

身軽な動きで跳躍し、そのまま玉藻前の頭上すらも素通りして……俺の目の前に着地した。初めから、玉藻前なんて相手にしていないと言った具合だ。

「魔獣の相手なんか後だよ後。まずはこの死に損ないにとどめを刺さないとねっ」

「ラキア……おまえっ」

こんなにも人を憎たらしいと思ったことがない。

怒りが、こみ上げてくる。

喉が焼ける痛みの中、必死に声を出した。

「へー、まだそんなに喋れるんだね」

そう言いながら、ラキアは右手に持った長剣を振りかぶる。

するとドロン――と、俺とラキアの間に割り込むようにして青い炎が出現する。

違う……ラキアは初めから……俺のことなんか眼中にない。

コイツの狙いは――

時間の流れが緩やかになるような感覚の中で、青い炎から玉藻前が出現する。

ラキアから、俺のことを護るために。

「あっははは！　もう最高に気持ち悪いねっ！　魔獣が人間を護るなんてさぁ！」

笑いながら、ラキアは左手で玉藻前に向かって何かを投げた。

そしてその投げられた何かを長剣で一閃すると――その場でボウッと瞬く間に炎が上がり、玉藻前へと襲いかかる。

「――ッ!?」

玉藻前が苦悶の表情を浮かべているのが分かった。

ただの炎じゃない――金色の炎だ。

「『聖火瓶』だよ！　お前ら死霊系統は、聖火が大弱点だからねぇ!!」

玉藻前の青い炎がみるみると弱くなっていき、遂には消え失せる。

そしてラキアはそのまま返す右手で、玉藻前の体へ向かって長剣を振り抜いた。

「ぐっ――」

血飛沫が上がる。

更にラキアは、体勢を崩した玉藻前の腰へ向かっても長剣を振り抜いた。

自分の体すらも支えることが出来なくなった玉藻前は、その場に崩れ落ちる。その腰にあった筈の九つの尾を失っていた。

「はぁ、はぁ……全然大したことないじゃん。これが危険指定レベル18？」

興奮した様子で玉藻前を見下ろすラキアの左手に、玉藻前の尾が握られている。

「これが、玉藻前の九尾。……っふふふ、あっははは！」

何かを呟いた後に、高笑いが聞こえてきた。

全く頭に入ってこなかった。

「お……おい、玉藻前？」

呼び掛けた。

喉が痛くて上手く声が出ないが、それでも呼んだ。

「な、なぁって……おい」

起きてくれない。

「いやいや、もう死んでるでしょソレ。討伐したんだよ私が」

「なぁ、玉藻前？」

「いやだから――」

――ピクリと、玉藻前の耳が跳ねた気がした。

「ぎゃあぁあぁぁあああ!!」

瞬間、後ろのラキアがやかましい悲鳴を上げる。

慌てて振り向くと、ラキアの右手が激しく燃え上がっている光景が目に入って来た。青い炎が右腕全部に燃え広がり、眩しい光を放っている。

「痛い熱い痛い痛い痛い!!　なに!?　なにこれっ!?　何で!?　死んでない!?　くそっくそっ！　消えろよぉ!!」

ガシャン！　と、ラキアが右手に持っていた長剣が地面に転がった。

そしてようやく、青い炎が消え失せる。

「な、何なのマジで……っよくも私の右腕を」

青い炎によってか、ラキアの右腕が焼き消えていた。

その顔からは余裕が消え失せ、怒りに満ちていた。

「生きてんのかよこの妖獣！　とどめ刺してやるよ！」

未だ倒れ伏している玉藻前を庇うように、なんとか体を動かした。

「どいてよ！　もう君に用はないんだよね！　そこの妖獣だけちゃんとぶっ殺すだけだっての！」

「…………」

睨みつけた。

「この――」

ラキアが、左手を振り上げるが――

「そこまでだラキア」

男の声が、ラキアを止めた。

気付いて見れば、いつの間にか知らない男がラキアの隣に立っていた。

「なに？　今いいところなんだけど、見て分かるでしょ？」

「駄目だ。緊急事態だ。俺が創り出したレベル15超えの竜種が全て倒された。一瞬でだ」

「はぁ!?　なにソレ！　あり得ないでしょそんなの」

「事実だ」

「…………」

何かを考えているようだ。

「ちっ！　まぁ良いよ。仕事は終わったしね」

二人の視線の先にあるのは、玉藻前の討伐証明部位――九尾だった。

「でも何かムカつくし、この場に火炎竜二体出しといてよ」

「あまり魔力を無駄に使いたくはないんだがな」

近くで、大きな地響きと共に何かが降り立った。おそらく、この男が魔力で竜種を創り出していた奴だ。

ラキアの本当の仲間なんだろう。

火炎竜が出現したことを見届けてから、二人はその場から去っていった。

◇◇◇

自分の無力さに腹が立つ。

もっと強かったら……姉のような強さがあればと、本気で思う。

玉藻前だって、本当は俺が護るべき相手だったのに……結局何も出来ないまま、俺の目の前で……。

「シファ……」

ルエルだって、俺を庇って傷ついた。

何もかも、俺が弱かったからだ。

「シファ、貴方の傷も決して浅くはない。とにかく、今は山を降りましょう。火炎竜は……私がなんとかするわ」

時折咳込みながら、ルエルが俺の腕に肩を入れてくる。

そんな時だ。

「シ、シファよ……」

小さな、本当に小さな声が聞こえてきた。

目を閉じたまま、玉藻前が振り絞るようにして声を上げたんだ。

「済まぬな……お主達に助けられた命だと言うのに……こんなことになってしまったのじゃ」

玉藻前の手を握る。

「お主らには感謝しておるよ……こうして、イナリに帰って来れたのじゃから」

涙が、零れた。

「そう……報酬を渡そうと思っておったのじゃよ。いっぱい悩んで、決めたのでな、大切に使って欲しいのじゃよ」

目を開けていられなくなった。

擦っても擦っても、涙が止まってくれない。

手に、温かな青い炎が宿ったかと思えば、炎の形が変わっていった。

そして現れたのは――一振りの長刀。

「イナリ社の秘宝……と言うのかの。妖刀――『玉露《ぎょくろ》』なのじゃ」

妖刀が、俺の魔力を吸った。

すると――今まさに俺達へ敵意を向けていた火炎竜との間に、青い炎の壁が出来上がる。

それを見ていたのか、玉藻前が『ふふっ』と軽く笑ったような気がした。

それを最後に、玉藻前が再び口を開くことはなかった。

自分が憎い。ラキアが憎い。『魔喰い蛇』が憎い。

そんな訳の分からない感情に支配されて、どうにかなってしまいそうだ。

「…………」

そんな時、後ろから誰かが近付いて来た気がした。

絶対に間違える筈がない人の気配が、ゆっくりと近寄って来た。どうしてここにいるのかは分からない。なんのために来たのかも分からない。だけも、そんなことは今はどうでもいい。

本当は、こんなこと駄目だって分かってる。

でも俺には、もう頼ることしか出来ないんだよ。

「何とかしてくれよ……ロゼ姉」

そう必死に口を動かして、後ろを振り向いた。

やっぱり、そこには我が親愛なる姉が……立っていた。

◇◇◇

ローゼが思っていた以上に、イナリ山の状況は悪かった。

山のあちこちで、冒険者が竜種と戦闘状態に突入している。そして冒険者達の戦況はあまり良くない。理由は簡単だ——翼竜などの低レベルな竜種に交じり、火炎竜や音速竜などの高レベルな竜種が出現しているからだ。

更に質《たち》の悪いことに、それらの高レベルな竜種は、何の前触れもなく唐突に現れる。魔神種を除き、そんな現象は通常起こり得ない。間違いなく、魔法によって創造された物だ。つまりは魔力の塊だ。この竜種達を創造している者は、膨大な魔力を有しているのだと予想がつく。

結論——やはりこのイナリ山の現状は音無から聞いた通り、何者かによってもたらされた物。現在上位の冒険者達総出で行っている『竜種の狂暴化』という異常事態を利用していると確定させた。

そしてその何者か、というのはほぼ間違いなく『魔喰い蛇』の者。

ローゼは、可能な限りの竜種を討伐しながら山を進む。

ある人物の姿を捜しながら、冒険者や狩人を助けて回った。

巨大なイナリ山。ローゼであっても、この山の中から目的の人物を捜すのは容易ではない。

——せめて、方向だけでも分かれば。

そう思って何となく立ち止まった時。

ゴウッ！　と、空高く立ち昇る青い炎が見えた。

「——！」

◇◇◇

ローゼが弟の下にたどり着いた時には、全てが終わっていた。

座り込む弟の前に、横たわる女性。

ローゼもよく知る——玉藻前だ。

血溜まりの上で眠る玉藻前の上半身には、斬撃によって出来た物と思われる痛々しい傷があった。

そして何より、彼女の力の源とも言える九つの尾が、一つ残らず刈り取られていた。

弟は泣いていた。

見てみると、その弟にも大きな傷があることに気付いた。そして更には、弟の体の中で燻《くすぶ》る他人の魔力の存在にも。

強力な呪毒となり、弟の体の自由を奪い体力と魔力を奪い続けているようだった。

ローゼの中で、グツグツと何かが沸き立つ。

この状況を見れば、なんとなくだが何があったのか想像出来る。

玉藻前は弟のことを慕っていた。弟も、玉藻前のことを可愛がっていた。

互いが互いを護ろうとしていたのだろう。そんな関係を利用し、玉藻前の命を奪った者が存在している。

ゆっくりと近付くと、弟はローゼの気配に気付いたのか、振り向きながら振り絞るように声を発した。

「何とかしてくれよ……ロゼ姉」

弟の泣き顔は、酷く堪えた。

なにより、自分ではない誰かが弟を悲しませたことが許せなかった。

「…………」

ローゼは、小瓶を取り出し放り投げた。

緩やかな放物線を描き、弟の頭上に到達した所で剣で一閃すると、パリンと砕け、中にあった金色の液体が弟とルエル、そして玉藻前へと降りかかる。

淡い光に包まれた弟とルエルの肉体から、たちまち負傷と状態異常が消え去った。

しかし――玉藻前には何の反応も示さない。

瀕死の状態でも息さえあれば、今の魔法薬は何かしらの反応を示した筈。この結果は、間違いなく玉藻前が死亡してしまったことを証明していた。

哀しみと怒りがこみ上げてくる。

「シファくん……」

弟と同じ目線になり語りかける。

「後は私に任せてよ」

そう言いながら、ローゼは自らの首輪を外した。

〝絶〟級冒険者であることを示す五角形の紋章が刻まれた首輪だ。そっと弟の手に預ける。

「ちょっと預かっててよ」

キョトンとする弟の顔を見てクスリと笑い出しそうになるが、とても笑える状況でもない。

それ以上に今は、黒い感情に支配されている。

「二人はここでタマちゃんのこと見ててあげてよ」

「ろ、ロゼ姉？」

「いい？　絶対にここを離れないでね」

そう強く釘を刺しておく。

自分が強く言えば、大好きな弟は言ったことを必ず守ると知っている。

「少ししたら、戻ってくるから」

そう言い残し、ローゼは二人に背を向けて歩き出した。

山岳都市イナリは、夕焼けに染められつつあった。

◇◇◇

「暗くなる前にこんな街とはさっさとおさらばしたいね」

山岳都市イナリでの大仕事を終えて、ラキアはイナリ山を駆ける。

危険指定レベル18の妖獣の討伐部位は、ギルドに更なる恩恵をもたらしてくれるだろう。

イナリでの仕事は大成功に終わったと言える。

だが、かなり大胆な作戦を取ってしまった。決定的な証拠は何一つ残していないとは言え、『魔喰い蛇』は冒険者組合に目をつけられているのは事実。追手がいないとも言い切れない……出来るだけ早く街から脱出したいと考えていた。

ラキアの言葉に同意だと、隣を走る男も頷いた。

男が創造した竜種は全て、何者かによって瞬く間に討伐された。

その疑いようのない事実だけが、二人を少しだけ焦らせている。

少しずつ暗くなりつつあるイナリ山を駆ける。

勿論、周囲への警戒を怠ることはない。魔物や魔獣と戦闘している時間も勿体ないため、遭遇は避けて進んでいる。

「「…………」」

二人は黙々と走る。

やけに静かなイナリ山が、何故か今になって不気味に思えた。

走っても走っても山を抜けない。これ程までにイナリ山が巨大なのだと、今更になって気付く。何故か恨めしくもあった。

言葉には出さないが、早く山を抜けてくれと、内心で思ってしまう。それほどまでに妙な雰囲気が漂っている気がした。

勿論、二人が走っているイナリ山は、つい先程まで竜種が暴れまわっていたことを除けば……いたって普通のイナリ山に違いない。

それでも何故か不気味に映るのは――言葉に言い表せない何かを感じているからだろう。

そんな不安から来るいつも以上の警戒心が功を成したのか、キラリ――と何かが視界の端で一瞬光ったのを見逃さなかった。

「っ！　伏せてっ!!」

「ッ!?」

勢いよく体を投げ出し、二人はその場に倒れ込んだ。

走っていた勢いを殺すことが出来ず、多少の傷を負うが構わない。

すると、二人のすぐ上を巨大な真空の刃が駆け抜けた。

バキバキバキィ——と、周囲の木という木が崩れ落ちていく。少しでも反応が遅れていたら、自分たちは今頃上半身と下半身が分かれていたことだろう。

何者かに狙われているらしい。追手であることに違いはないが、理解出来ないことがある。

それは——この相手が自分たちのことを殺しに来ているということだ。

追手があるとすれば冒険者組合の人間もしくは冒険者だが、どちらの場合でもいきなり殺すという暴挙に出ることは考えられない。

ならば残っている可能性は——先程の冒険者の青年だ。

玉藻前を目の前で殺されたことに憤り、追いかけて来た。蛇神の長剣の呪縛をどうやって治癒したのかは分からないが、そんなことは別に構わない。追いかけて来たのならもう一度返り討ちにするまでだ。

人間を無駄に殺す趣味はないので、多少痛めつけて今度こそ身動きが取れなくした上で逃げれば良い。

──そう思った。

「狩人ギルド『魔喰い蛇』だね」

冷たい、女の声を聞くまでは。

周囲の木が薙ぎ倒されたことで、近付いてくる者の姿がよく見えた。

金髪の女。女のラキアから見ても、それはもう美しい女性だ。

だが、そんな女神のような美しさを持つ女だと言うのに、殺意を一切隠そうとしない。

現に今も、女の右手には豪華な装飾が施された薙刀が握られている。今の攻撃はこの女による物で間違いないだろう。

「フザケないでよっ、マジでさぁ！　何でアンタが出てくる訳よ！」

女の特徴が、完全に一致している。

目の前の女は……〝絶〟級冒険者──ローゼ・アライオンだ。

『魔喰い蛇』として活動していく中で、特に遭遇を回避するべき存在の一人。

上位の冒険者達の殆どが王都に招集され、大きな任務に従事している筈。その中でも最も強力な冒険者である彼女が何故このイナリに？　ラキアの頭の中を疑問ばかりが支配してしまう。

集めた情報から考えて、戦乙女を含む〝絶〟級冒険者がわざわざイナリへと出張ってくる可能性はないと確信していた。

疑問は次第に苛立ちへと変わり、声を荒らげながら立ち上がった。

すると、戦乙女へ集まるように不自然な風が吹いていることに気付く。

彼女が右手に持つ武器が原因だろう。

薙刀――『風神《シヴァ》』

戦乙女が数多く持つ武装の一つで、冒険者の間では割と有名な話だ。勿論、ラキアも知っている。

聞いた話から察するに、魔力を風に変え思うままに操ることが出来る。だが当然、それだけに留まる物ではない筈。

有効戦闘領域は中距離から超長距離……と言ったところ。

冒険者である戦乙女にとって『魔喰い蛇』の狩人である自分たちは情報を引き出す良い獲物なのだが、何故か問答無用で命を狙われている。

分からないことだらけだが、それが現状だった。

そしてただ一つ確実なのが――これまでにない程の窮地に今、立たされているということだ。

ゴウッ！　っと風の勢いが増した。

瞬間、ラキアの仲間の男が両手を前に突き出した。

戦乙女が行動を開始する一瞬の隙を狙い、現状の残りの魔力のほぼ全てを費やして魔獣を創造する。

「――――!!」

戦乙女の頭上に、大気が振動するほどの雄叫びと共に巨大な竜種が創造された。

危険指定レベル17――大号竜。

この竜が持つ強靱な表皮は、いかに戦乙女の持つ武器が強力だとしても簡単には突破出来ない筈。

ほんの少しで良い。戦乙女の注意を引くことが出来れば、自分たちはこの場から逃げることが出来る。

まともにやり合って勝てる相手じゃない。ここは逃げるべき。そう判断しての行動だった。

大号竜が、戦乙女の背後に降り立つと――縦に割れた。

「は？」

何が起こったのか分からない。

ただ、大号竜が大地に降り立った瞬間、右半身と左半身に綺麗に分かれ……そのまま左右に倒れ伏して消えたのだ。

いつの間にか、戦乙女の右手には銀色の長剣が握られていた。

かと思えば、戦乙女がくるりと体を回せばまた薙刀が姿を現した。そしてそのまま振り抜かれると、猛烈な突風がラキア達を襲った。

「うぅっ！」

近くの大木に叩きつけられ、体が痺れた。

戦乙女には、間合いなんて物は存在しない。

適した武器に瞬時に持ち替え、攻撃してくる。言ってしまえば、後出しじゃんけんのような物だ。

「くっそ、何なのよホントにもうっ！　どうしてこんなことにっ」

もう少しだったのに。

後少しで、山を抜けられた。

あと一歩のところで、なんでこの女が出てくるのかと、怨《うら》めしく戦乙女を睨みつける。

「ひっ」

風神の暴風を全身で受けたからなのか、それとも強烈な衝撃を受けたからなのかは不明だが、体が痺れて思うように動かない。そんな自分達へ向かって一歩、また一歩と近付く戦乙女の姿を見て、恐怖した。

「こ、殺してない！　私は誰も殺してない！　殺したのは魔獣だけ！　そりゃ、呼び寄せられた竜種で、誰かが死んだりしたかも知れないけど……私達は誰も殺してないっ!!」

殺される理由がないと、訴えた。

嘘は言ってない。冒険者組合に捕縛される理由はあっても、話も聞かずに殺される理由は……本当にないのだと、訴えた。

すると、戦乙女はピタリとその場で足を止めた。

「もう無理なの。貴方達は私の大切な人――私のたった一人の家族から、大切な物を奪ってしまった。シファ君を泣かしたんだよ？　貴方達は」

そう言いながら戦乙女が手を伸ばすと、魔法陣が三つ重なる形で出現した。

真っ赤な魔法陣だった。暗くなった山の中で眩しく光る赤い魔法陣は、恐ろしく不気味に見えた。

「ち、ちょっと待って！　家族？　え、シファくんって……あの冒険者が？　え……家族？」

混乱する頭の中を整理して、ようやく気付く。

月明かりに照らされた目の前の女――ローゼと、先程戦った〝初〟級冒険者のシファの顔立ちがよく似ていることに。そして確定的なのが、髪だ。綺麗な金髪。

「姉弟、だったの……？」

この女は、冒険者としてソコに立っているんじゃない。一人の姉として、弟のために自分達を追ってきたのだと気付いた。

「知らなかったの！　アンタに弟がいたなんて！　ソレに私は、アンタの弟は殺してないでしょ!?　弟に憑いてる魔獣を殺しただけだよ！　信じて！　危険な魔獣から、アンタの弟を救ってやったとも言えるでしょ!?　ねぇ！」

とにかく助かりたい一心で叫ぶ。

――が、そんなラキアを、悪魔のような冷たい瞳で女は見下ろしていた。

そして、女の伸ばした手の先にある赤い魔法陣の輝きが、少しだけ強くなった。

どうやら、ラキアの涙ながらの訴えは彼女の耳に一切届かなかったらしい。

「**宵闇に咲く血晶華**《けっしょうばな》**。血を啜り、血に焦がれ、血に飢える**」

聴こえてきたのは先のラキアの叫びに対する返答ではなく、奇妙な言葉。その言葉に呼応するように、魔法陣が一つガチャリと音を立てて回転した。

ラキア達は、必死に体を動かそうともがくが、やはり痺れて動けない。

「**対価に捧げる血晶華。血を妬み、血を憎み、血で祝う**」

ガチャリと歪な音を立てて回る魔法陣。

ようやくラキア達は気付く。戦乙女は今、詠唱をしているのだと。

逃げるなら今しかない。体の麻痺は少しずつ引いているらしく、体を引きずりながら後ずさる。

「この身に宿す血晶華。求めるは血、捧げるは血、刻まれるは血」

ガチャリと音を立てて回転した三つの魔法陣が合わさり、一つの魔法陣が完成した。

「与えられし剣《つるぎ》の名は――」

魔法陣から伸び出た赤黒い長剣を掴み、勢いよく引き抜いた。

「魔剣――吸血姫《ルシエラ》」

どんよりと、周囲の空気が重くなる。

異常な空気に、命の危険を感じた。

だが、幸いにも体の麻痺が引いていた。立ち上がり、無我夢中で逃げる。

仲間の男も同様に、無防備な背中を晒して逃げているのが視界に映った。

それが正解だとラキアも思った。隙を窺って逃げるなど考えるだけ無駄。一歩でも、そう、一歩でも戦乙女から離れなければ駄目だ。応戦しようなどという発想はもう出てこない。

どっちに行けば山から出られるとか、街に近付くかなども関係ない。ただ、ただ逃げるのだ。

「はっ！　はっ！　はっ！　……？」

自分の呼吸音がやけにうるさく聞こえる中――ピチチ！　と何かの水滴が頬にこびりつく。

そしてドシャリと、近くで何かが倒れる音。

震えながら視線を向けた先には、上半身と下半身がかろうじて繋がった状態の仲間が倒れ伏していた。

血溜まりが、出来上がっている。

「なんで、なんでなんで、なんでなのマジで！　いった！」

泣きそうな感情を抑えて再び走ると、誰かにぶつかった。

戦乙女が立っていた。

まるで感情が読み取れない表情がどうしようもなく不気味だった。

堪らずラキアは一歩二歩と後ずさる。

そして、目の前の戦乙女が何も持たない左腕を振り上げたかと思うと、勢いよく前へと突き出した。

「っ!?」

激痛が走る。

またしても何が起こったのか分からなかったが、すぐにこの痛みの原因は判明した。

戦乙女の左腕が、魔法陣の中に突っ込まれている。

「何が……なんでっ！　そこは、私の……」

ラキアの収納空間を漁られていた。

初めての体験。

他人の収納空間に無理矢理干渉するなんてことが可能なことに驚く余裕もない。この失神しそうな程の激痛は、間違いなくそれが原因だと分かる。

そして――

「あぁあああああぁっ!!」

無理矢理に取り出されたのは、今日手に入れたばかりの——玉藻前の九尾だった。

「あ……はぁ、はぁ、あ、うぅ」

ガクリと膝から崩れ落ちる。

あまりの痛みに、涙が零れ落ちた。

視界の端で、不気味な長剣がゆっくりと振り上げられる様を、呆然と捉えていた。

「そんなに泣かないでよ」

そんな冷たい言葉と共に長剣が振り下ろされたところで、ラキアの視界は閉ざされた。


『血別』


気がつけば、血溜まりの上にローゼは立っていた。

右手には魔剣が握られていることから、この場で起こった惨劇の全ては自分がやったことだと理解した。

勿論、こうなることが分かった上で魔剣を持ち出した。

自分も人間である以上、確実に目的を達成するためにはコレは仕方のないことだ。そもそも、今回に限っては魔剣の力は絶対に必要だった。

「…………」

グサリと、人間約一人分の血を吸った魔剣を、これまた人間約一人分の血溜まりの中心に突き立てた。

魔剣を中心に、徐々に血溜まりが魔法陣を描いていく。

そして血の魔法陣が不気味な光を放つと、いつの間にか女性が立っていた。

白い髪がフワッと揺れる。

夜になったからか、日傘を持っていない。と言うかそもそも、魔剣は日が落ちてからしか取り出すことは出来ない。

「珍しいこともあるものだわ。まさかロゼの方から、私を呼び出すなんてね」

彼女は、危険指定レベル28……魔神種――吸血姫《ルシエラ》である。

「あまり良い血とは言えないけれど、まぁ構わないわ。貴女だしね」

ペロリと唇を舐めてから、ルシエラが近付いてくる。

耳はピンと鋭く立ち、ニコリと笑った時にちらりと牙が見えた。どうやら、人間に扮して冒険者を楽しんでいる『エシル』ではなく、正真正銘の吸血姫として登場してくれたようだ。

「辛そうね、ロゼ……大丈夫？」

言われてみれば、頭がぼーっとしていた。

体温の感じからして、どうやら熱もありそうだ。

魔剣を持ち出したことで、一度に大量の魔力を消費してしまったのが原因だ。

自我を保てない時点で、魔剣を完全に使いこなすのにはまだまだ時間が必要なのだと分かる。

「うん、大丈夫だよ……それより」

ルシエラを呼び出した理由を告げる。

どれだけの年月を生きてきたか見当もつかない……吸血鬼という種族の最後の生き残りであるルシエラに、頼みたいことがあった。

人間では不可能なことでさえ、彼女にとっては不可能ではない。だが勿論、ルシエラにも出来ないことは存在する。

その一つが、死者の蘇生だ。

ルシエラであっても、死んだ者を生き返らせることは出来ない。以前、本人に聞いたことがある。

ふと疑問に思い、訊ねてみたのだ。

『ルシエラちゃんって、死んだ人間も生き返らせたり出来るの？』

と、しかしローゼの質問に返ってきた答えは『できない』という物。

彼女に出来ないのなら、もう出来る者はいない。少なくともローゼと肩を並べて活躍する他の〝絶〟級冒険者には不可能だ。

僅かに可能性を残している者が存在してはいるが、会いにいく手段もないし、時間もない。

だからローゼは、ルシエラに出来ることを『お願い』する。

「……対価は、払ってもらうわよ？」

吸血姫は対価を求める。

この世で最も大切な者のためなら、ローゼはどんな対価でも差し出せる。

◇◇◇

弟が待つ場所へ戻ると、弟とルエルは変わらずにソコにいた。

眠る玉藻前へ寄り添うようにして、ジッと座って待っていたらしい。

「ロゼ姉……」

「お待たせ……」

玉藻前を殺した『魔喰い蛇』の二人は私が殺したよ。などとは口が裂けても言わない。

別に弟はそんなことを望んでいた訳ではないとローゼは理解している。

あの二人を殺したのは、ローゼ自身そうしないと気が収まらなかっただけだ。

ゆっくりと丁寧に、収納から玉藻前の九尾を取り出した。

奪われてすぐ取り戻した甲斐があってか、状態は良い。仮に何かの素材にするために少しでも使われてしまったら、それこそ本当に取り返しがつかなかったに違いない。

「ロゼ姉、それ……」

「と、取り返して来たんですか？　どうやって……」

そっと玉藻前の傍らに九尾を置いた。

こうして並べて見ると、とても立派な九尾だったんだなと気付く。完全に力を取り戻し、成長した玉藻前程の大きさを持つ、立派な九尾だった。

「お姉ちゃんだからね、弟の頼みは聞かないとね……」

「…………」

玉藻前の九尾は取り戻した。

たったそれだけのことだと言うのに、弟は少しだけ安心したような表情を見せていた。

九尾が戻ってきたところで、玉藻前が再び起き上がることはない。そんなことは分かりきっているというのに、弟はなかなか動こうとしない。

玉藻前の死を受け入れられてはいるが、別れることが出来ない。といった所だろう。

「さてと……」

ゆっくりと立ち上がる。

どうやら、弟の中で玉藻前という存在はとても大きな物になっていたらしい。

ソレを確信したローゼは、弟に問いかける。

「シファくんはさ……タマちゃんにもう一度会いたいの？」

「え？」

「『蘇生魔法』という物が存在するかは分からない。少なくとも私は使えない、勿論シェイミもエヴァも。コノエ様だって無理」

ほんの少しだけの期待が込められた眼差しを向けられていた。

ローゼには、弟の期待を裏切ることは出来ない。

期待を持たせるだけのために、わざわざこんな話を口にすることはしない。

「でも、タマちゃんに戻ってきてもらう方法が一つだけあるよ」

「ろ、ロゼさん、そんなこと……」

「…………」

死者を蘇らせることが出来る魔法薬も魔道具も、彼等が知る限りでは存在していない。当然、二人とも驚いていた。弟は言葉を失っているようだ。

目を閉じたままの玉藻前に視線を戻して、暫く考え込んでしまっている。

「会いたいの？　会いたくないの？」

もう一度、弟の気持ちを確認する。

「……会いたい。会えるんなら、会いたいよロゼ姉」

「……そう」

複雑な気分だった。

ローゼも、玉藻前にはもう一度会いたい。弟と良い関係を築けていたのだから、これからも一緒にいて欲しいと本気で考えている。

しかし、これから起こることを想像すると、単純に喜ぶことは難しいのだ。

死んでしまった者にもう一度会う。これがどれだけ特別なことなのか、弟は分かっているようだった。

強力な武器を扱うのに多くの魔力を必要とするように、強大な魔法を使用するのに膨大な魔力を消費するように――死者の復活にも等しい行為に、どれだけの困難が必要なのか、弟は少なからず理解しているように見えた。

スッ——と、ローゼはその場から少しだけ横にずれる。

弟の願いを叶えることが出来るのは自分ではないからだ。

暗闇の中からゆっくりと近づいてくる人影。

「——え？」

次第に見えてきた姿に、流石に驚いているようだった。

「話が長いわロゼ。——あら？　妖獣……ふふ、可愛らしい狐さんね。死んでしまったのはこの狐さん？」

倒れている玉藻前を見て、あらあらと笑うルシエラ。

「え？　エシル……さん？　いや、違う？　え、似てる……？」

冒険者として活動するルシエラと何度か会っている弟が、酷く困惑していた。

尖った耳と、たまに見える牙以外は冒険者としての彼女と何も変わっていない。誰でもそんな反応になるだろう。

だが、彼女が魔神種の吸血姫だということを二人はまだ知らない。とは言え、ルシエラが放つ異様な雰囲気は即座に感じ取ったようだ。

「ロゼさんっ!!」

即座に、ルエルが弟を庇うように前に出た。

「二人とも……今は何も聞かないで。大丈夫だから、彼女の言う通りにして」

詳しい説明はまた今度だと、今はそう答えるしかできなかった。

「あら？　貴方は、何度かお会いしましたね。また一緒にお茶を飲める時を楽しみにしていますわ」

一方のルシエラは、自分の立場を理解していないのかそんなことを言う始末。

ローゼは少しだけ頭が痛くなる思いだ。

「え、やっぱり――エシルさん!?」

「あら？　あ、えっと――うふふ、違いますよ？　私はルシエラです」

ローゼは頭を抱える。

「と、とにかく説明は後！　ルシエラちゃん、お願い出来る？」

「ええ。貴方達が良いのなら、私はいつでも構わないわ」

弟に視線を向けると、弟は強く頷いてくれた。

「ろ、ロゼさん！　シファ、危険だわ！　彼女は……」

一方で、ルエルは変わらずに弟を庇っている様子だった。

痛いほど気持ちが分かる思いだ。目の前に危険な存在が迫っているのだから、大切な者を庇おうとするのは仕方のないことだ。

「大丈夫だよルエル。ロゼ姉もいるんだから」

「だ、だけど……」

やがて、渋々といった様子で引き下がった。

「もうよろしいですか？」

「はい」

「じゃぁ、ロゼ……小太刀を出して」

ルシエラが要求してきたのは、彼女の血がほんの少し混ざった小太刀だった。

その小太刀を今持っているのは……弟だ。

ローゼは、弟に目を向ける。

すると、弟は不思議そうな表情を浮かべるも、何も聞かずに小太刀を取り出してくれた。

「あら、貴方が持っていたのですね」

そして小太刀を受け取ったルシエラは、弟とルエルをじっくりと観察する。

「なるほど……貴方ですね」

「え……」

ルシエラが視線を固定したのは……弟だ。

「失礼します」

「え、え――」

――ズブリと、弟の胸に小太刀が深々と突き立てられた。

「シファっ!!」

堪らず、ルエルが駆け出すが――

「ルエルちゃん駄目！」

ローゼがルエルの腕を掴み、引き止める。

「どうして！　いったい何をするつもりなんですか!?　シファが死んでしまう！」

「ぐ、うう……」

ガクリとその場に座り込み、弟は苦しそうに悶えている。

小太刀は対象の生命力と魔力、そして血を吸い上げる。

それらを一度に吸われている本人の苦しみは、果たして測りようがない。

そんな弟の姿を見て、ローゼも身を焼かれるような思いだが、耐えるしかない。

「あ……あぁ、ううぅ」

みるみると、吸い上げられていく。

いざという時のために持たせていた小太刀が、まさか弟ではない者のために利用することになるとは、ローゼは夢にも思わなかった。

そして――

「ふふふ、良い血です」

勢いよく小太刀が引き抜かれる。

「……っ、はぁ……はぁ……はぁっ！」

両手を突き、大きく肩で息をする弟。

かろうじて、意識を保ったようだった。

そしてルシエラは、玉藻前へと向き直る。

「――さぁ、死したこの者に……貴方の血と生命を分け与えましょう。これを以て貴方達の血は繋がり、この者は新たなる血縁者として、再び生を宿すのです」

勢いよく玉藻前の胸に――小太刀を突き立てた。

「**黙示録詠唱――『血別』**」

弟とルシエラ、そして玉藻前を……魔法陣の光が包み込んだ。

◇◇◇

不思議な感覚がした。

胸に小太刀を突き立てられた時は、本当に死ぬんじゃないかと思った。全身から力が抜けていく……と言うのとは少し違う、自分の中の全てが小太刀に吸い取られていくような感覚だった。

そして、視界がグワングワン回っているような気がして、立っていられなくなった。

「……っ。はぁ、はぁ、はぁっ」

俺の胸から小太刀を引き抜き、今度は倒れている玉藻前へ向かって小太刀を突き立てている姿を、意識が飛びそうな中なんとか見ることが出来た。

玉藻前の胸に突き立った小太刀が、不気味な光を放ちながら脈動しているように見える。

赤い光の筋が浮き上がり、まるで血管のように……玉藻前へと何かを送り込んでいるようだ。

「お、俺の……」

あれは多分、今まさに俺から吸い上げた物だ。

それが小太刀を介して、玉藻前へと送られているんだ。

そんな能力があの小太刀にあったなんて……でも、もしこれで玉藻前が助かるなら、俺の中の物なんていくらでも使って欲しいくらいだ。

俺の胸に突き立てられた小太刀は、割とすぐに引き抜かれたような気もするが、あれで足りたのだろうか？

少し心配だ。必要なら、もっと使ってくれて構わないのに……

なんて、ドクン——と胸を跳ねさせる玉藻前の姿を見ながら、考えていた——

◇◇◇

気がつくと、視界は山の中から部屋の中へと変わっていた。

どうやら寝ていたらしい。

体に伝わってくるこの柔らかい感触は、ベッドの物だ。

「気がついた？」

「え、ルエル……」

少しだけ頭がボーっとする。

体の節々が少し痛いが、なんとか体を起こす。

周囲を見回してみて、ここが宿酒場『風鈴亭』の俺達が取っている部屋だと分かった。

ベッドの横の椅子に、ルエルが座っていた。

「え？　えっと……あれ？」

いまいち状況がのみ込めないぞ。

たしかイナリ山でラキアと戦って……そうだ、負けたんだ俺は。

それで玉藻前が助けてくれて、でも玉藻前が殺されて……姉が来て、エシルさんとよく似た人が後からやって来て……玉藻前を助ける方法があるみたいなことを言われて——そうだ！　小太刀だ！　小太刀を胸に刺されたんだ……あれ？

でも、そこからの記憶が全然ない。

「あなた、あの後倒れたのよ。意識を失ったのよ」

「え？」

「もう二日経ってるわ」

「……」

二日？　ずっと寝てたのか俺。

「た、玉藻前は!?」

そうだ、玉藻前は助かったのか？

もしかして、俺が気絶してしまったからあの魔法は失敗してしまったのか？

焦りながら身を乗り出して俺が迫ると、ルエルはやれやれと肩を竦めながら「ん——」と顎でクイッと後ろを示した。

「そこにいるでしょ」

「……」

恐る恐る後ろを振り向くと——いた。

玉藻前だ。

俺のよく知る玉藻前だ。

綺麗な銀髪が少し乱れてしまっているが、間違いなく玉藻前だ。

僅かな寝息を立てながら、胸を上下に揺らして、俺と同じベッドに入ってぐっすり眠っている。

頬に触れてみると、柔らかくて温かかった。

「——！」

バッと、被さっていた布団を引っ剝《ぺ》がす。

「ちょ、ちょっとシファ！　なにやってんのよ！」

横でルエルが抗議の声を上げるが、確認せずにはいられない。

「……良かった」

玉藻前の腰から伸びる九つの尻尾が、ベッドの殆どを占領している。

少しはだけた着物から覗き見える白い肌にも、一切の傷は見当たらない。勿論、あの時ラキアに付けられた斬り傷もだ。

本当に良かった。

上手く言葉に言い表せないくらいに、ホッとした気分だ。

「玉藻前は、貴方が気絶したすぐ後に目を覚ましたわ」

そうだったのか。ということは、入れ違いか。

「彼女の魔法は……貴方の生命力と血を、玉藻前に与える物だった。玉藻前は、貴方の血縁者として生まれ変わった……ということらしいわ。信じられないけどね」

「血縁者……」

ということは、家族ってこと？

俺の血が玉藻前の中に流れているって解釈で良いのか？　なら、玉藻前はロゼ姉の妹ってことになるのか？

それなら、俺と玉藻前の関係はどうなるんだ？　玉藻前は俺の妹か？

「うーん」

玉藻前の綺麗な顔を観察してみる。

初めて会った時は幼い姿だった。

でも今は、力を取り戻して成長した姿になっている。見た目は俺達より歳上、姉と歳が近いように見えるな。見た目は……だが。

「んみゅ……」

奇妙な気配を察知したのか、玉藻前の瞼が重たそうに開いた。

「――ん、っ！」

そして、目が合った。

すると、眠たそうな瞳に即座に力が宿ったように見えた。

「玉藻前……本当に良かっ――ええ!?」

俺が言いたいことを言い終える前に、玉藻前が覆いかぶさってきた。

まだちゃんと体に力が入らない俺は、難なくベッドに押し倒されてしまった。

「お、おい」

「ちょ、ちょっと玉藻前?」

「また、我はお主に助けられてしまったのじゃな」

俺達の言葉は聞こえている筈だが、玉藻前は俺の上から降りる気はなさそうだ。

そして、俺の手を優しく持ち上げた玉藻前は、そのまま胸のあたりに持っていく。

――トクン、トクンと、心臓がしっかり動いている音を手のひらに感じることが出来た。

「我の中に、お主の血が流れておる。もう我は……お主の物になってしまったのじゃろうか……」

そう言って玉藻前は、そのまま俺に甘えるように抱き着いてきた。

スルリと首に手を回し込み、優しく体を密着させられる。

「俺が助けたんじゃないだろ……お前が俺を助けてくれたんだろ」

そうだ。

俺が玉藻前を助けたんじゃない。

玉藻前は、俺を護るために一度死んでしまったんだ。

なら、俺の血とか、生命力とか魔力なんか、あげられる物はなんでも玉藻前にあげてやる。

こうやってまた話すことが出来るんなら、全然安い物だった。

「……」

「……」

「え、えっと……玉藻前？」

俺達が何を呼び掛けても、玉藻前はそのまま何も喋らずに抱き着いたまま離れない。

どうやら、暫くはこのままらしい。

「ま、今回だけは多目に見てあげるわ」

ルエルはというと、呆れたような顔で再び――その手に持つ『イナリ攻略本』のページをぺらりとめくったのだった。

書き下ろしエピソード「イナリ観光と今後」

「ふむふむ……なるほどね」

　ペラリと、ルエルは手に持つ冊子を捲って、ソコに書かれている内容を凝視する。ほんの少しだけ視線が行ったり来たりするのは何かを悩んでいるようだが、意を決したのかすぐに顔を上げて声を出す。

「それじゃ、この桜饅頭とイナリ三色団子、そして桜アイスに抹茶オレをいただけるかしら？　あ！　あと……このカステラというお菓子を二つ」

　どうやら悩むことを放棄して、全て注文するという暴挙に出たらしい。

「あいよ！　毎度あり！」

　ルエルの注文を聞いた店主が、店の少し奥へと引っ込んでいく。

「いやいや、頼み過ぎだろ」

　これは突っ込まずにはいられない。

「だって仕方がないでしょ？　このガイドブックに載っているお菓子がどれも美味しそうなんだから」

そう言って険しい顔で見せてくるのは『イナリ攻略本』と書かれたガイドブックだ。街の宿やお店で無料で配布している。

玉藻前の件が一段落したこともあり、こうしてイナリの街を改めて観光している状況だ。イナリには、カルディアの街では見たことないような食べ物や魔道具、武器が多い。街のお店をまわっているだけでも充分楽しめそうな程だ。後で俺も何か買っておこう。

「ちゃんと貴方の分も頼んでおいてあげたわよ！」

店主が差し出してきたお菓子をカウンター越しに受け取り、イナリ三色団子を一つ俺に手渡してくる。

「え……俺の分これだけ？」

「……」

パクパクっと残りの三色団子を頬張るルエル。

するとと驚いたような表情で動きを止めてしまうが、すぐにモグモグと口の動きを再開させた。大きな目を少し細め、幸せそうな表情に変えて団子を飲み込んでいる。感情を隠せないくらいにこの団子は美味しいようだ。

「っ!?」

「じゃぁ俺も」

受け取った三色団子を口に運ぶ。モッチリとした食感と共に爽やかな甘さが舌を撫でる。なるほど。これは思わずニヤけてしまいそうになるな。とてつもなく美味しい。ルエルも、ニヤけそうになる顔を必死に我慢した結果が、この幸せそうな表情なんだろう。

そして次に、ルエルは桜アイスという物をスプーンですくってパクリと食べる。

「あっ……」

へなへなとその場で頽れてしまった。

「つ、冷たくて美味しい……」

「いや大げさだろ。腰抜かすほどかよ……」

「ひと口あげるわ」

桜アイスを受け取った。

カップに盛られた桜色の氷菓子《アイス》。ルエルと同じく、スプーンで少しすくい取って口に運んだ。

「こ、これは!!」

口いっぱいにひんやりとした食感が広がったかと思えば口内の体温で溶けてなくなり、ほのかな甘酸っぱさだけが残った。

「も、もうひと口！」

「っ！　しょうがないわね」

これは反則だ。ついついもうひと口と口の中に運んでしまいそうになる。

「ちょっと！　ひと口だけって言ったでしょ！」

ひんやりとした甘酸っぱさの虜になってしまった。更にもうひと口と手を動かそうとすると、ルエルに抗議の視線を向けられたので桜アイスは返すことに。

　まぁしょうがない。今は我慢する他ない。食べたくなったらまた買いに来ればいい。俺はルエルの幸せそうな顔を見るのを楽しむことにしよう。相変わらず今も、お菓子を食べては頬を押さえて何とも言えない表情をつくっている。よっぽどイナリのお菓子が気に入ったんだろうな……。

◇◇◇

　イナリの観光……というよりは食べ歩きを続けていると、ふと見覚えのある人物を発見した。

　綺麗な着物がよく似合う黒髪の美人さん。彼女が体を動かす度に、腰にくくりつけた鈴がチリン──と涼しげな音を出す。そう。音無さんだ。何やら惣菜屋さんの前で品定めしている様子。

「音無さん」

　声をかけると、俺達にしっかりと向き直って深々とお辞儀をしてくれた。

「これはシファ様にルエル様」

「……」

　相変わらず品のある佇まいに、俺とルエルは揃って見惚れてしまった。なんというか、姉とはまた違った魅力のある大人の女性って感じだ。

「どうかなさいましたか？」

「いえ、音無さんも買い物ですか？」

「はい。イナリ社へのお供え物を買いに参りました」

イナリ社……ということは、玉藻前への贈り物か。

「少し、場所を変えましょうか」

店の前で立ち話もなんだということで、俺達は場所を移すことにした。大通りから少し外れた脇道の、目立たぬベンチに3人並んで腰を下ろす。特に人に聞かれて困る話でもない訳だが、ここなら落ち着いて世間話が出来そうだ。

「玉藻前様は今はイナリ社に？」

「はい。竜種にかなりイナリ山を荒らされてしまったそうで、色々とやることが多いみたいです。その間、俺達はイナリ観光ですよ」

と言っても食べ歩いてるだけだが。

「それはとても良いと思います。本当なら、もっとゆっくりと滞在してイナリの良さを知ってもらいたいのですが、今回ばかりはそうも言ってられませんね」

少し寂しそうな笑みを浮かべて、そんなことを言ってくる音無さん。

「え？　いや、ゆっくり滞在するつもりなんですが――」

別にこの後に依頼を受けている訳でもないし、なんならじっくりイナリを観光するつもりでしばらく滞在しても良いとさえ思っていた訳だが、どうやらそうもいかないらしい。

「駄目よシファ。音無さんの言う通り、あまり悠長にイナリに滞在することは出来ないのよ」

どうして？

ついさっきまでお菓子にほっぺをこぼれ落としそうにしていたとは思えないほどに、ルエルは真面目な顔になっている。

「はい。王都で、冒険者中級昇格試験が開催される日が近付いております。移動の時間も考えると、ゆっくり滞在している程の日数は残されておりません」

「中級……昇格試験？」

「はい。訓練所を卒業しているお二人はコレを受ける条件を満たしております。勿論、お受けになられるのでしょう？」

そうだったのか……。勿論、受けるに決まってる。

俺は、しっかりと頷いて返事をしておいた。

◇◇◇

「それでは、時間の許す限り、イナリの街を堪能してください。きっと良い思い出になる筈です」

傾きつつある日を背に、音無さんが深々と腰を折る。俺達もしっかりと挨拶を返して、宿へと帰ることにした。

限られた日数で回っておくべきイナリの観光名地《スポット》も教えてもらえた。そして次の目的地は王都だ。中級昇格試験が始まる。そう考えると、何だかドキドキしてきた。

「なんだか楽しそうね、シファァ」

お菓子を食べていた時のルエルと同じように、俺も感情を隠すことが出来ていなかったようだ。

「だって中級だぜ？　中級冒険者になるんだぞ、俺達」

「試験に受かったらよ」

とにかくもう少しで、大好きな姉に一歩近付く訳だ。そう考えたら、楽しみで仕方ないのだ。

「それじゃ、宿に帰ったら明日食べに行くお菓子を決めておかないとね」

そう言ってまた、イナリ攻略本をドヤ顔で見せてくる。

「お菓子のことで頭いっぱいかよ！　ゆっくり滞在はしてられないんだろ!?」

駄目だ。ルエルに任せておくと、限りあるイナリを回る時間が全て食べ歩きに使われてしまう。

俺も、イナリ攻略本を貰っておこう……。

あとがき

　まず、『姉に言われるがままに特訓をしていたら、とんでもない強さになっていた弟』の三巻を手に取っていただき、ありがとうございます。そして、あとがきまで目を通してくれているということは、全て読んだいただけたということなのでしょう。二巻が発売してから、かなりの期間が空いてしまったのですが、それでも読んでくれている方がいるというのは本当に幸せなことだと思います。

　今回、三巻を出すことが出来たのは、イラストを担当してくれた方と編集の方々が努力してくれたおかげでもあります。自分だけの力では、絶対にこの作品の続きを皆様にお届けすることは出来ませんでした。本当、自分は幸せ者なんだなと実感します。

　さて、本編では主人公のシファが本格的に冒険者として活動を始めました。と言ってもまだ駆け出しです。実力は他の初級冒険者を圧倒する彼ですが、未熟な部分も多く存在します。経験豊富な冒険者や敵には敗北してしまう時もあるのかも知れません。今回、シファ自身もそれを痛感したことでしょう。これから冒険者として依頼をこなしていく過程で、色んな人達との出会いや別れを繰り返して少しずつ確実に成長していく筈です。どうか、温かな気持ちで見守ってもらえたらなと思います。

そしてシファの姉ローゼですが、彼女にはまだまだ謎を多く残して貰っています。様々なとんでもない武器を隠し持っていますし、複雑な交友関係も存在します。そこら辺についても、また機会があれば書きたいと思います。

それでは、また皆様とお会い出来ることを願っております。コミックの方も、是非ともよろしくお願いします！

冒険者として
規格外に
成長中!!
シファくーん！
ローゼ・アライオン
じぃいいいいいいいいん…
〜ッ……!!
〜〜〜〜!!
ふおわぁ……!!
プル
シファ・アライオン
くっ…くそ！切れねぇ…
こんなんじゃ…冒険者になれない！
コレくらいの岩一刀両断に出来ないとダメなんだ
だって…普通の冒険者のロゼ姉も…
コミック版
姉に言われるがままに特訓をしていたら、とんでもない強さになっていた弟
〜ブラコン姉に鍛えられすぎた新米冒険者、やがて英雄となる〜
原作 吉田 杏・スコッティ
漫画 相模 映

EARTH STAR COMICS
Ane ni iwarerugamamani tokkun wo shiteitara, tondemonai tsuyosa ni natteita otouto
"最強"に育てられた弟
最新話はコミックアース・スターにてチェック！
姉に言われるがままに特訓をしていたら、とんでもない強さになっていた弟
～ブラコン姉に鍛えられすぎた新米冒険者、やがて英雄となる～
4
権謀渦巻く
「カルディア生誕祭」編最終戦へ――！
コミックス第4巻
絶賛発売中!!

EARTH STAR NOVEL

姉に言われるがままに特訓をしていたら、とんでもない強さになっていた弟 ～やがて最強の姉を超える～　3

発行 ――――― 2023年6月15日　初版第1刷発行

著者 ――――― 吉田 杏

イラストレーター ――――― 相模 映

装丁デザイン ――――― 石田 隆（ムシカゴグラフィクス）

発行者 ――――― 幕内和博

編集 ――――― 今井辰実

発行所 ――――― 株式会社アース・スター エンターテイメント
〒141-0021　東京都品川区上大崎 3-1-1
目黒セントラルスクエア　7F
TEL：03-5561-7630
FAX：03-5561-7632
https://www.es-novel.jp/

印刷・製本 ――――― 中央精版印刷株式会社

© yoshida an / Akira Sagami 2023 , Printed in Japan

この物語はフィクションです。実在の人物・団体・事件・地域等には、いっさい関係ありません。

本書は、法令の定めにある場合を除き、その全部または一部を無断で複製・複写することはできません。

また、本書のコピー、スキャン、電子データ化等の無断複製は、著作権法上での例外を除き、禁じられております。

本書を代行業者等の第三者に依頼してスキャン、電子データ化をすることは、私的利用の目的であっても認められておらず、著作権法に違反します。

乱丁・落丁本は、ご面倒ですが、株式会社アース・スター エンターテイメント 読書係あてにお送りください。

送料小社負担にてお取り替えいたします。価格はカバーに表示してあります。

ISBN 978-4-8030-1801-1